哪泥？日檢N3單字學了
又忘記，考試來了怎麼辦？

Shadowing跟讀記憶學習法，
同步提升「閱讀能力」、「聽力能力」、「語感能力」，
一次滿足三個願望！

使用說明

重點 1
Shadowing跟讀記憶學習法學單字，加深大腦記憶力！

單字學了又忘記怎麼辦？新學的單字怎麼唸？別害怕！研究發現，語言學習者藉由Shadowing跟讀法不僅能夠加強聽力，也能提升口說和語感能力！全書單字例句中的漢字皆有拼音，由專業外師親錄MP3，讓學單字不再是紙上談兵，跟讀單字和例句，熟悉單字語調與發音，加強大腦記憶力！

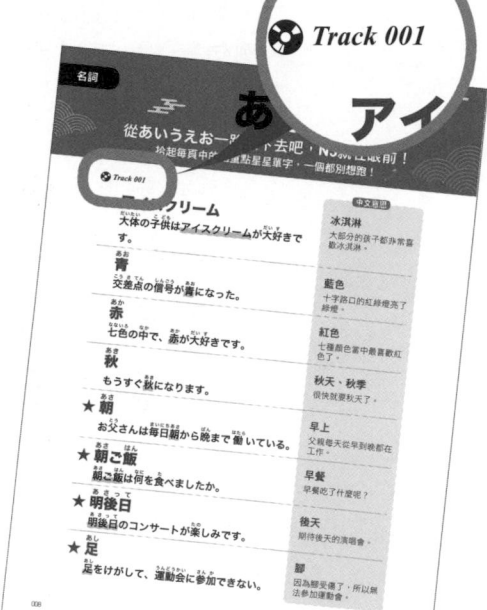

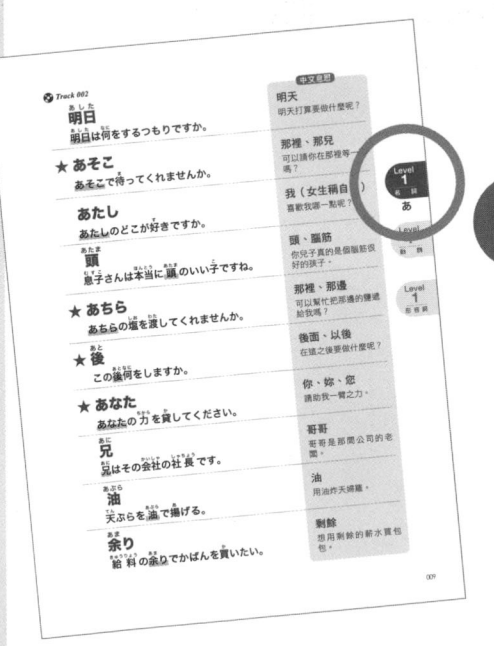

重點 2
N3所有單字直覺式邏輯分類，穩扎穩打不費力！

覺得日文單字很多很複雜嗎？還在疑惑單字詞性嗎？別擔心！本書用名詞、動詞、形容詞將單字分門別類，各詞性單字皆從あ行到わ行循序漸進，可輕鬆透過書眉篇章名反覆查閱，不再迷失在日文單字詞海裡。例如可以在Level 1名詞中あ行裡找到「明日」這個單字。

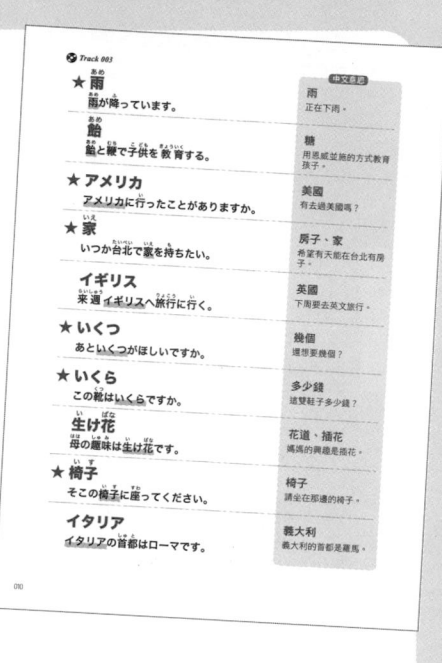

 重點 3 N3所有單字皆有例句，單字運用更加熟悉！

學會單字不知道怎麼用嗎？單字放到句子裡要怎麼呈現？別緊張！本書每個單字皆搭配例句服用，並且貼心加上中文翻譯，對於第一次接觸的單字也不用害怕，例句簡潔呈現單字用法，加深對單字的掌握度和記憶力，不知不覺中學會日檢N3所有單字。

重點 4 N3高頻率單字一把抓，考試重點複習最佳利器！

考試在即沒時間看完全部單字怎麼辦？哪個單字是必背單字？大丈夫！本書把必會單字和日檢出現的高頻率單字用「★」表示，掌握好這些單字，不論是考試前複習，亦或是想要臨時抱佛腳都沒問題！這些單字除了考試用途之外，日常生活中也常用到喔！

 重點 5 記憶閃卡互動遊戲，學習單字無壓力！

本書超值附贈「記憶閃卡單字遊戲」，特別收錄一定要會的100單字設計成互動遊戲，透過「邊看、邊玩、邊學」，提高學習興趣，且能夠立刻記憶，讓學習單字無壓力！

　　日本作為台灣最緊密的貿易夥伴之一，亦是台灣最常旅遊的國家之一，讓學習日語的人日趨增長，學好語言最有力的證明莫過於一張「日本語能力試驗」的合格證書。日檢N3被官方視為邁向N2、N1的橋樑，也可以說是一塊邁向高級日語的入門磚！沒有良好的地基，如何蓋出穩固的建築？擁有一張「日本語能力試驗」的合格證書，也逐漸成為錄取工作的優勢，像是旅遊業、餐飲業、貿易業、翻譯、媒體業等等。

　　一般來說，正規的語言學習就像堆積木，而其中最基本的一環就是擁有那些能夠供你拼湊的一個個積木塊，也就是組成句子所需要的單字。所以，在單字的累積上花費大量的時間、精神，幾乎是每個語言學習者必經的過程。跟著本書透過Shadowing跟讀記憶法，能夠加強學習者的大腦記憶，不死背單字。Shadowing跟讀法是由一位知名美國教授Alexander Argüelles所發明，研究發現，語言學習者藉由此學習法不僅能夠加強聽力，也能提升口說和語感能力，比起死背更有效率。

　　本書分成三個主要的章節，排版上簡潔明瞭，在每個章節裡，由淺入深針對名詞、動詞、形容詞做更進一步的單字說明，即使一開始看不懂單字也沒關係，所有單字皆有例句，學習者可先閱讀過一次再利用MP3輔助跟讀單字和例句，加速熟悉單字語調與發音，幫助學習者增加記憶力，同步提升「閱讀能力」、「聽力能力」、「語感能力」。

　　學會日文單字不再是遙遙無期的目標，跟著本書一步一腳印幫你穩扎穩打日文單字軟實力，並把必會單字及常考單字特別標註，讓學習者在考前複習或是來不及全部學習時不用亂槍打鳥，幫助你快速重點整理，讓你的學習事半功倍！

　　祝所有學習者都能透過這本書在考試中勇闖過關！

小沢友紀子

2023年5月

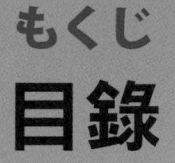

目錄

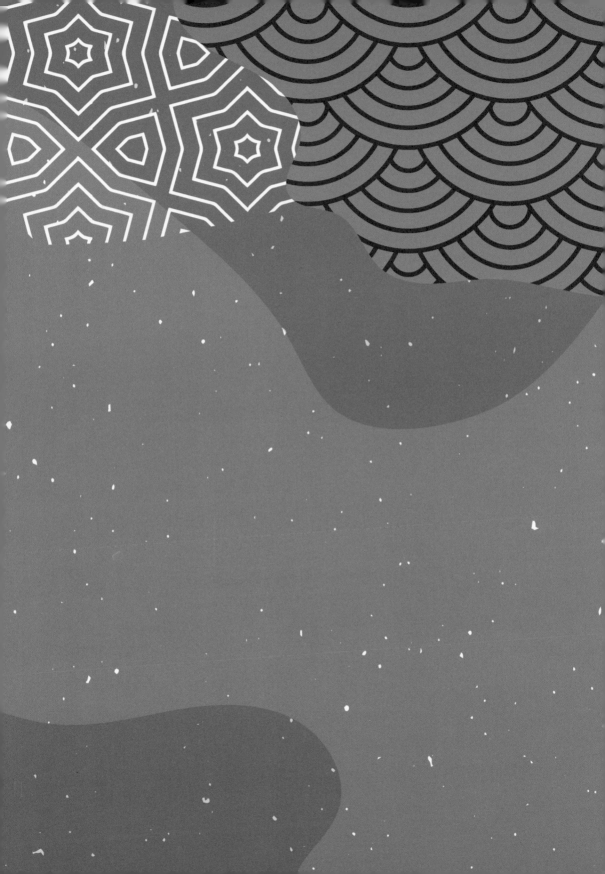

Level 1

單字輕鬆掌握，
拾起N3敲門磚

- 名詞 めいし
- 動詞 どうし
- 形容詞 けいようし

あ行

從あいうえお一路讀下去吧，N3就在眼前！
拾起每頁中的超重點星星單字，一個都別想跑！

Track 001

日文	中文意思
アイスクリーム 大体の子供はアイスクリームが大好きです。	冰淇淋 大部分的孩子都非常喜歡冰淇淋。
青 交差点の信号が青になった。	藍色 十字路口的紅綠燈亮了綠燈。
赤 七色の中で、赤が大好きです。	紅色 七種顏色當中最喜歡紅色了。
秋 もうすぐ秋になります。	秋天、秋季 很快就要秋天了。
★ **朝** お父さんは毎日朝から晩まで働いている。	早上 父親每天從早到晚都在工作。
★ **朝ご飯** 朝ご飯は何を食べましたか。	早餐 早餐吃了什麼呢？
★ **明後日** 明後日のコンサートが楽しみです。	後天 期待後天的演唱會。
★ **足** 足をけがして、運動会に参加できない。	腳 因為腳受傷了，所以無法參加運動會。

中文意思

明日（あした）
明日（あした）は何（なに）をするつもりですか。

明天
明天打算要做什麼呢？

★ **あそこ**
あそこで待（ま）ってくれませんか。

那裡、那兒
可以請你在那裡等一下嗎？

あたし
あたしのどこが好（す）きですか。

我（女生稱自己）
喜歡我哪一點呢？

頭（あたま）
息子（むすこ）さんは本当（ほんとう）に頭（あたま）のいい子（こ）ですね。

頭、腦筋
你兒子真的是個腦筋很好的孩子。

★ **あちら**
あちらの塩（しお）を渡（わた）してくれませんか。

那裡、那邊
可以幫忙把那邊的鹽遞給我嗎？

★ **後**（あと）
この後（あと）何（なに）をしますか。

後面、以後
在這之後要做什麼呢？

★ **あなた**
あなたの力（ちから）を貸（か）してください。

你、妳、您
請助我一臂之力。

兄（あに）
兄（あに）はその会社（かいしゃ）の社長（しゃちょう）です。

哥哥
哥哥是那間公司的老闆。

油（あぶら）
天（てん）ぷらを油（あぶら）で揚（あ）げる。

油
用油炸天婦羅。

余り（あま）
給料（きゅうりょう）の余（あま）りでかばんを買（か）いたい。

剩餘
想用剩餘的薪水買包包。

Level **1**
名　詞
あ

Level **1**
動　詞

Level **1**
形　容　詞

★ 雨
あめ

雨が降っています。
あめ　ふ

雨
正在下雨。

飴
あめ

飴と鞭で子供を 教 育する。
あめ　むち　こども　きょういく

糖
用恩威並施的方式教育孩子。

★ アメリカ

アメリカに行ったことがありますか。
い

美國
有去過美國嗎？

★ 家
いえ

いつか台北で家を持ちたい。
たいぺい　いえ　も

房子、家
希望有天能在台北有房子。

イギリス

来 週 イギリスへ旅行に行く。
らいしゅう　りょこう　い

英國
下周要去英文旅行。

★ いくつ

あといくつがほしいですか。

幾個
還想要幾個？

★ いくら

この靴はいくらですか。
くつ

多少錢
這雙鞋子多少錢？

生け花
い　ばな

母の趣味は生け花です。
はは　しゅみ　い　ばな

花道、插花
媽媽的興趣是插花。

★ 椅子
い　す

そこの椅子に座ってください。
い　す　すわ

椅子
請坐在那邊的椅子。

イタリア

イタリアの首都はローマです。
しゅと

義大利
義大利的首都是羅馬。

いちにち
一日
いちにちぶん　　しごと
これは一日分の仕事です。

	一天
	這些是一天份的工作。

いちばん
★ **一番**
かれ　　きまつしけん　　いちばん
彼は期末試験で一番になった。

一號、第一名

他在期末考拿了第一名。

Level
1
名　詞
あ

いつ
★ **何時**
らいねん　　うんどうかい　　いつ
来年の運動会は何時ですか。

什麼時候

明年的運動會是什麼時候？

いつ　か
五日
ご　がついつか　　かのじょ　　たんじょうび
五月五日は彼女の誕生日です。

五號（日期）、五天

五月五日是她的生日。

Level
1
動　詞

いっしょ
一緒
いっしょ　　　　　　　　た　　い
一緒にごはんを食べに行きませんか。

一起、一樣

要不要一起去吃飯？

Level
1
形容詞

いつ
五つ
わたし　　むすめ　　ことしいつ
私の娘は今年五つになる。

五個、五歲

我的女兒今年五歲了。

いぬ
犬
　　　　　　　　　　いぬ　　か
マンションで犬が飼えません。

狗

公寓內不能養狗。

いま
今
いま　　なに
今は何をしていますか。

現在、馬上

現在在做什麼呢？

いもうと
妹
いもうと　　ことししょうがくせい
妹は今年小学生になった。

（自己的）妹妹

妹妹今年是小學生了。

いもうと
妹 さん
いもうと
妹さんはいくつですか。

稱呼別人的妹妹、令妹

你妹妹幾歲呢？

中文意思

インド
インドには優秀なIT人材が輩出している。

印度
印度優秀的IT人材輩出。

インドネシア
インドネシアに行ったことがない。

印尼
沒有去過印尼。

★ 上
机の上に置いてください。

上面、高
請放在桌子上面。

★ 受付
受付で聞いてみたらわかると思う。

受理、詢問處、接待人員
我想你去問問看櫃台就知道了。

後ろ
後ろに何か付いていますよ。

後面、背面
背後沾到什麼東西了。

内
福は内、鬼は外。

裡面、時候
鬼出去，福進來。

家
いつか日本で家を買いたい。

家
希望什麼時候能在日本買個家。

売り場
母はそこの売り場で働いている。

賣場
母親在那邊的賣場工作。

絵
彼は絵を描くのがとても上手だ。

畫
他非常擅長畫畫。

映画
えいが

どんな映画が好きですか。
えいが　　　　す

電影
你喜歡什麼樣的電影呢？

映画館
えいがかん

彼はその映画館オーナーです。
かれ　　　　　えいがかん

電影院
他是那家電影院的所有人。

英語
えいご

英語の先生はとてもきれいです。
えいご　　せんせい

英文
英文老師非常漂亮。

駅
えき

ここから駅までは何キロですか。
えき　　　　なん

火車站
從這邊到火車站有幾公里呢？

★ エスカレーター

二階のエスカレーターで会おう。
にかい　　　　　　　　あ

手扶梯
在二樓手扶梯處見面吧。

★ エレベーター

そのマンションはエレベーターがない。

電梯
那棟公寓沒有電梯。

★ 円
えん

今度の旅行は三万円がかかった。
こんど　りょこう　さんまんえん

日圓
這次旅行花了三萬日圓。

エンジニア

彼はITエンジニア志望です。
かれ　　　　　　　　しぼう

工程師、技師
他的志願是成為IT工程師。

★ 鉛筆
えんぴつ

今鉛筆を使う人が少なくなった。
いまえんぴつ　つか　ひと　すく

鉛筆
現在使用鉛筆的人變少了。

Level
1
名　詞

あ

Level
1
動　詞

Level
1
形容詞

013

	中文意思
★ 大阪 おおさか 大阪に行きたいです。 おおさか　い	大阪 想要去大版。
★ [お]金 かね たくさんのお金がほしい。 かね	金錢 想要有很多錢。
[お]金持ち かね　も 将来お金持ちになりたい。 しょうらい　かね　も	有錢人 將來想成為有錢人。
奥さん おく 奥さんはきれいですね。 おく	尊夫人、他人妻子 人 您夫人很漂亮呢！
★ お酒 さけ お酒が飲みたいです。 さけ　の	酒 想要喝酒。
伯父、叔父 おじ　　おじ 彼はあたしの叔父です。 かれ　　　　　　おじ	自己的伯父、叔叔 他是我的叔叔。
★ おじいさん 私のおじいさんは警察官である。 わたし　　　　　　　　けいさつかん	爺爺 我的爺爺是一名警察。
おじさん そのおじさんはだれですか。	伯父、叔叔、舅舅 等男方長輩 那位伯父是誰呢？
★ お茶 ちゃ お茶を飲みませんか。 ちゃ　の	茶、茶葉 要不要喝茶呢？
夫 おっと 夫のためなら、何でもします。 おっと　　　　　　なん	（自己的）丈夫 我願意為我丈夫做任何事情。

お釣^つり
さんじゅうえん
三十円のお釣りをください。

找的錢
請找三十元。

★ お手洗^{てあら}い
ちょっとお手洗^{てあら}いに行^いってきます。

洗手間
我去一下洗手間。

お父^{とう}さん
お父^{とう}さんの仕事^{しごと}は何^{なに}ですか。

爸爸
您父親的工作是什麼呢？

★ 弟^{おとうと}
弟^{おとうと}はまだ大学^{だいがく}を卒業^{そつぎょう}していない。

弟弟
弟弟大學還沒畢業。

弟^{おとうと}さん
弟^{おとうと}さんによろしくお伝^{つた}えください。

稱呼別人的弟弟（客氣用語）
請替我向令弟問聲好。

★ 男^{おとこ}
男^{おとこ}として、それは情^{なさ}けないでしょ。

男人
對於一個男人來說，那樣很沒出息對吧。

男^{おとこ}の子^こ
子供^{こども}を生^うむなら、男^{おとこ}の子^こと女^{おんな}の子^このどちらが欲^ほしいですか。

男孩子
如果要生小孩的話，想要男孩子還是女孩子呢？

男^{おとこ}の人^{ひと}
あの男^{おとこ}の人^{ひと}はちょっと怪^{あや}しいです。

男子
那個男子有點奇怪。

★ 一昨日^{おととい}
一昨日^{おととい}はどこにいましたか。

前天
你前天在哪裡呢？

Level 1 名詞
あ

Level 1 動詞

Level 1 形容詞

中文意思

★ 一昨年
おととし
一昨年のあの事件はいまだに忘れられない。

前年
我仍然無法忘記前年的那件事。

★ 大人
おとな
早く大人になりたい。

成人、成熟
想早點成為大人。

お兄さん
にい
優しいお兄さんがほしい。

哥哥
想要一個溫柔的哥哥。

お姉さん
ねえ
彼女はお姉さんによく似ている。

姊姊
她和姊姊很像

★ [お]願い
ねが
お願い、静かにしてください。

拜託
拜託，請安靜一點。

伯母、叔母
おば　　おば
私の叔母は看護士です。

伯母、姑母
我的伯母是護理師。

お婆さん
ばあ
お婆さんからチョコをもらった。

奶奶、外婆
奶奶給了我巧克力。

おばさん
おばさんは今どこですか。

伯母跟姑母的客氣用語
伯母現在在哪裡呢？

★ お風呂
ふろ
お風呂に入ってください。

浴池、浴室
請去洗澡。

★ お弁当
べんとう
お母さんが作ったお弁当は美味しいです。

便當
媽媽做的便當很美味。

中文意思

おまわりさん
おまわりさん、お疲れ様です。

巡警、警察
警察先生辛苦了。

★ **音楽** (おんがく)
音楽好きな人は決して悪い人ではない。

音樂
喜歡音樂的人絕不會是壞人。

★ **女** (おんな)
あの女の言ったことは信じられません。

女人
我不相信那個女人説的話。

女の子 (おんな こ)
あの女の子はとてもかわいいです。

女孩子
那個女孩子很可愛。

女の人 (おんな ひと)
その赤い服を着ている女の人はだれですか。

女子
那個穿著紅衣服的女子是誰？

Level **1** 名詞 あ

Level **1** 動詞

Level **1** 形容詞

か行

從かきくけこ一路讀下去吧，N3就在眼前！
拾起每頁中的超重點星星單字，一個都別想跑！

Track 011

★ **カード** クレジット<u>カード</u>は使えますか。	卡片 可以使用信用卡嗎？
★ **母^{かあ}さん** <u>母^{かあ}さん</u>にお弁当^{べんとう}を作^{つく}ってもらった。	媽媽、母親 請媽媽幫我準備便當。
★ **階^{かい}** そのショップは何階^{なんかい}にありますか。	樓 那家店在幾樓呢？
★ **会議^{かいぎ}** 今^{いま}は会議^{かいぎ}中^{ちゅう}で、入^{はい}ってはいけない。	會議 現在會議正在進行中，不能進去。
★ **会議室^{かいぎしつ}** 社長^{しゃちょう}は今^{いま}会議室^{かいぎしつ}にいます。	會議室 總經理現在在會議室。
外国^{がいこく} 彼^{かれ}は外国^{がいこく}の食事^{しょくじ}マナーに詳^{くわ}しい。	外國 他很了解外國的餐桌禮儀。
外国人^{がいこくじん} あの外国人^{がいこくじん}はどの国^{くに}の人^{ひと}ですか。	外國人 那個外國人是哪個國家的人呢？
★ **会社^{かいしゃ}** その会社^{かいしゃ}が社員^{しゃいん}を応募^{おうぼ}している。	公司 那間公司正在招聘員工。

会社員
かいしゃいん

彼氏は 昔 あの会社の会社員でした。
かれし　むかし　　　　　かいしゃ　かいしゃいん

公司職員

男朋友以前是那間公司的職員。

★ 階段
かいだん

二階の階段で待ってくれませんか。
にかい　かいだん　ま

樓梯

可以在二樓的樓梯處等我嗎？

★ 買い物[する]
か　もの

お母さんは買い物に行きましたか。
かあ　　　　　か　もの　い

買東西

媽媽已經去買東西了嗎？

顔
かお

娘の喜ぶ顔が見たい。
むすめ　よろこ　かお　み

臉、面子

想看到女兒開心的臉。

鍵
かぎ

鍵はどこにおいたのを忘れた。
かぎ　　　　　　　　　わす

鑰匙

忘記鑰匙放在哪裡了。

★ 学生
がくせい

そこに学生がいっぱいいる。
がくせい

學生

那邊有很多學生。

★ 傘
かさ

雨が降るから、傘を持っていってください。
あめ　ふ　　　　かさ　も

雨傘

要下雨了，請帶傘。

風
かぜ

涼しい風が吹いている。
すず　かぜ　ふ

風

正吹著涼爽的風。

★ 風邪
かぜ

風邪を引かないように、注意してください。
かぜ　ひ　　　　　　　ちゅうい

感冒

請注意別感冒了。

★ 家族
かぞく

彼女は何人家族ですか。
かのじょ　なんにんかぞく

家人

她家有幾個人呢？

Level
1
名 詞

か

Level
1
動 詞

Level
1
形 容 詞

中文意思

かた
肩
かた か
肩を貸してあげてもいいよ。

肩膀

我可以把肩膀借給你
（靠一下）。

かた
方
かた さま
この方はどちら様でしょうか。

～位（ひと的敬語）

請問這一位是誰呢？

かた か な
★ 片仮名
かた か な おぼ
片仮名を覚えてください。

片假名

請記住片假名。

がっこう
★ 学校
かれ まいにちある がっこう かよ
彼は毎日歩いて学校に通っている。

學校

他每天走路上學。

カップ
ごにんぶん か
五人分のカップを買った。

杯子（有把手）

買了五人份的杯子。

かど
★ 角
かど ひだり ま
その角で左へ曲がってください。

角落、轉角

請在那個轉角左轉。

か ない
家内
いえ か ない まか
家のことは家内に任せている。

（自己的）妻子

家裡的事交給妻子處理。

かのじょ
彼女
かのじょ し あ
彼女とはどこで知り合ったんですか。

她、女朋友

和女朋友是在哪裡相識的呢？

かばん
★ 鞄
わたし かばん つくえ うえ
私の鞄はあの机の上にいます。

書包、皮包

我的皮包在那個桌子上。

か ぶ き
歌舞伎
かれ しゅみ か ぶ き み
彼の趣味は歌舞伎を見ることです。

歌舞伎（日本的傳統舞蹈）

他的興趣是看歌舞伎。

★ 髪
<small>かみ</small>

昨日髪の毛を切りに行きました。
<small>きのうかみ　け　き　い</small>

頭髪

昨天去剪頭髮。

★ カメラ

ここではカメラを使ってはいけない。
<small>つか</small>

相機

這邊不能使用相機。

火曜日
<small>か ようび</small>

火曜日にデートしよう。
<small>か ようび</small>

星期二、禮拜二

星期二去約會吧！

カラオケ

高校生はよくカラオケに行きます。
<small>こうこうせい　　　　　　　　　い</small>

卡拉OK

高中生常常會去唱卡拉OK。

★ 体
<small>からだ</small>

体の調子はどうですか。
<small>からだ　ちょうし</small>

身體

身體的狀況如何呢？

★ 彼
<small>かれ</small>

みんな彼のことを心配しています。
<small>かれ　　　　　しんぱい</small>

他、男朋友

大家都在擔心他的事。

カレー

息子はカレーが大好きです。
<small>むすこ　　　　　だいす</small>

咖哩

兒子非常喜歡咖哩。

韓国
<small>かんこく</small>

今人気の韓国ドラマを見たか。
<small>いまにんき　かんこく　　　　　み</small>

韓國

你看過現在很受歡迎的韓劇了嗎？

木
<small>き</small>

木に登るのは危ないです。
<small>き　のぼ　　　　あぶ</small>

樹、樹木

爬樹是危險的。

祇園 祭
<small>ぎ おんまつり</small>

今年の祇園 祭 は何時ですか。
<small>ことし　　ぎおんまつり　　いつ</small>

祇園祭（京都最有名的慶典活動）

今年的祇園祭是什麼時候呢？

Level **1**
名　詞

か

Level **1**
動　詞

Level **1**
形 容 詞

ギター

ギターが弾ける人を尊敬している。

吉他

我敬仰會彈吉他的人。

★ 喫茶店

放課後みんなで喫茶店に行こう。

咖啡店、茶館

放學後大家一起去咖啡店吧！

★ 切手

封筒に切手をはりましたか。

郵票

信封上貼郵票了嗎？

★ 切符

早く切符を買ったほうがいいよ。

車票

早點買車票比較好唷。

★ 昨日

昨日は何をしましたか。

昨天

昨天做了什麼事呢？

機能[する]

この機械の機能はとても便利である。

機能

這個機械的功能相當便利。

牛丼

牛丼はこの店の定番メニューです。

牛肉蓋飯

牛肉蓋飯是這家店的招牌料理。

牛肉

父は牛肉を食べないです。

牛肉

父親不吃牛肉。

★ 今日

今日は雨です。

今天

今天是下雨天。

★ 教室

教室を離れないでください。

教室

請不要離開教室。

	中文意思
きょうだい **兄弟** かのじょ さんにんきょうだい 彼女は三人兄弟です。	兄弟、兄弟姊妹 她有三個兄弟姊妹（含自己）。
きょねん ★ **去年** きょねん じけん いんしょうぶか 去年のあの事件に印象深いです。	去年 我對去年那起事件印象深刻。
キロ[グラム] なん そのテーブルは何キロですか。	公斤 那張桌子幾公斤？
キロ[メートル] なん ここからそこまでは何キロですか。	公里 從這邊到那邊幾公里呢？
きんかくじ **金閣寺** きんかくじ ゆうめい かんこうち 金閣寺はとても有名な観光地です。	金閣寺（京都鹿苑寺的別稱） 金閣寺是非常有名的觀光景點。
ぎんこう ★ **銀行** あね ぎんこう けいりぶ つと 姉はその銀行の経理部に務めている。	銀行 姐姐在那間銀行的會計部工作。
ぎんこういん **銀行員** ぎんこういん たいど ふまん かん あの銀行員の態度に不満を感じる。	銀行員 我對那位銀行員的態度感到不滿。
きんようび ★ **金曜日** きんようび やす 金曜日にはちゃんと休んでください。	星期五、禮拜五 星期五請好好休息。
くすり ★ **薬** くすり じかん お薬の時間ですよ。	藥 吃藥的時間到囉。

Level **1** 名詞

か

Level **1** 動詞

Level **1** 形容詞

中文意思

★ **果物**（くだもの）
果物（くだもの）の中（なか）で、何（なに）が一番（いちばん）好（す）きですか。

水果
你最喜歡哪種水果呢？

口（くち）
彼女（かのじょ）の料理（りょうり）は口（くち）に合（あ）わないです。

口、嘴
她做的料理不合我胃口。

★ **靴**（くつ）
靴（くつ）を履（は）いてください。

鞋子、靴子
請穿上鞋子。

靴下（くつした）
その店（みせ）は靴下（くつした）の専門店（せんもんてん）です。

襪子
那間店是襪子專賣店。

★ **国**（くに）
その外国人（がいこくじん）はどの国（くに）の人（ひと）ですか。

國、國家
那個外國人是哪個國家的人呢？

雲（くも）
今（いま）は雲（くも）が一（ひと）つもない。

雲、雲彩
現在一朵雲也沒有。

★ **曇り**（くもり）
明日（あした）は曇（くも）りだと予測（よそく）されている。

陰天
預測明天會是陰天。

★ **クラス**
このクラスの委員長（いいんちょう）はだれですか。

班級
這個班級的班長是誰呢？

クリスマス
クリスマスに何（なに）をする予定（よてい）なんですか。

聖誕節
你聖誕節有什麼計畫呢？

★ **車**（くるま）
私（わたし）たちは遊園地（ゆうえんち）へ車（くるま）で行（い）った。

車子、輪子
我們開車去遊樂園。

日文	中文意思
<ruby>黒<rt>くろ</rt></ruby> <ruby>彼女<rt>かのじょ</rt></ruby>はいつも<ruby>黒<rt>くろ</rt></ruby>ずくめの<ruby>服<rt>ふく</rt></ruby>を<ruby>着<rt>き</rt></ruby>ている。	黑色 她總是穿著全黑的衣服。
<ruby>警官<rt>けいかん</rt></ruby> <ruby>将来<rt>しょうらい</rt></ruby><ruby>警官<rt>けいかん</rt></ruby><ruby>志望<rt>しぼう</rt></ruby>です。	警察 將來的志願是希望成為警察。
★ <ruby>今朝<rt>けさ</rt></ruby> <ruby>今朝<rt>けさ</rt></ruby><ruby>何時<rt>なんじ</rt></ruby>に<ruby>起<rt>お</rt></ruby>きましたか。	今天早晨 今天早上幾點起床呢？
★ <ruby>消<rt>け</rt></ruby>しゴム <ruby>消<rt>け</rt></ruby>しゴムを<ruby>買<rt>か</rt></ruby>いに<ruby>行<rt>い</rt></ruby>きます。	橡皮擦 去買橡皮擦。
<ruby>結婚<rt>けっこん</rt></ruby>[する] <ruby>結婚<rt>けっこん</rt></ruby>してください。	結婚 請和我結婚吧。
<ruby>月曜日<rt>げつようび</rt></ruby> <ruby>約束<rt>やくそく</rt></ruby>の<ruby>日<rt>ひ</rt></ruby>は<ruby>月曜日<rt>げつようび</rt></ruby>ですか。	星期一 我們約定的日子是星期一嗎？
<ruby>県<rt>けん</rt></ruby> <ruby>千葉県<rt>ちばけん</rt></ruby>はすごくいいところです。	縣 千葉縣是個非常好的地方。
<ruby>玄関<rt>げんかん</rt></ruby> お<ruby>客<rt>きゃく</rt></ruby>さんは<ruby>玄関<rt>げんかん</rt></ruby>で<ruby>待<rt>ま</rt></ruby>っている。	門口、大門 客人正在大門等待。
★ <ruby>元気<rt>げんき</rt></ruby> <ruby>娘<rt>むすめ</rt></ruby>さんは<ruby>元気<rt>げんき</rt></ruby>のいい<ruby>子<rt>こ</rt></ruby>ですね。	精神、健康 您女兒是個健康的好孩子呢。
★ <ruby>公園<rt>こうえん</rt></ruby> <ruby>子供<rt>こども</rt></ruby>たちは<ruby>公園<rt>こうえん</rt></ruby>で<ruby>遊<rt>あそ</rt></ruby>んでいる。	公園 孩子們正在公園玩耍。

Level **1** 名詞

か

Level **1** 動詞

Level **1** 形容詞

	中文意思
★ **交差点** こうさてん その**交差点**では交通事故が多発している。	**十字路口** 那個十字路口發生過很多交通事故。
★ **紅茶** こうちゃ この**紅茶**はどこで買いましたか。	**紅茶** 這款紅茶是在哪裡買的呢？
神戸 こうべ **神戸湾**の**夜景**はすごくきれいです。	**神戸** 神戶灣的夜景相當美麗。
★ **コート** 入る前に、**コート**を脱いでください。	**上衣、大衣** 入內前請先脫掉大衣。
コーヒー **コーヒー**を飲んだら落ち着ける。	**咖啡** 喝了咖啡就能放鬆下來。
★ **コーラ** **コーラ**は美味しいけど、体によくないです。	**可樂** 可樂雖然好喝，但對身體不好。
ご家族 かぞく **ご家族**は最近どうですか。	**稱呼別人的家人（客氣用語）** 您的家人最近如何呢？
ご兄弟 きょうだい **ご兄弟**との関係はどうですか。	**稱呼別人的兄弟姐妹（客氣用語）** 你和兄弟姊妹的關係如何呢？
ここ **ここ**は私の母校です。	**這裡、這個地方（近己方）** 這裡是我的母校。

中文意思

★ **午後**
午後五時に終了しました。

下午
在下午五點結束了。

九日
今月の九日に何か予定がありますか。

九號、九天
你這個月九號有什麼規畫呢？

九つ
猫は九つの命を持つという伝説を聞いたことがありますか。

九個、九歲
你有聽說過貓有九條命的傳說嗎？

ご主人
ご主人はいつ帰宅しますか。

稱呼別人的丈夫（客氣用語）
您丈夫幾點回家呢？

★ **午前**
このイベントは午前九時から開催される。

上午
這個活動從早上九點開始舉辦。

こちら
こちらに向かってください。

這邊（ここ的禮貌型）
請往這邊來。

★ **コップ**
コップが足りないので、買ってくれませんか。

玻璃杯
玻璃杯不夠了，你能幫我買一下嗎？

★ **今年**
今年は二十歳になった。

今年
今年二十歲了。

★ **子供**
彼らは子供の教育をとても重視している。

孩子、兒女
他們非常重視孩子的教育。

Level **1**
名 詞

か

Level **1**
動 詞

Level **1**
形容詞

	中文意思
★ ご飯 昼ご飯を食べましたか。	飯、米飯 你吃午飯了嗎？
コピー[する] この通知書をコピーしてくれませんか。	影印、複印 能幫我影印這個通知書嗎？
細かいお金 タクシーに乗るとき、細かいお金を準備しておいたほうがいい。	零錢 乘坐計程車時，準備好零錢的話會比較好。
ご両親 今ご両親は在宅ですか。	稱呼別人的父母 （客氣用語） 您父母現在在家嗎？
今月 今月の一日は私の誕生日です。	本月、這個月 這個月一號是我的生日。
今週 今週の土曜日に何をするつもりですか。	本週、本星期 本週六預計要做什麼呢？
★ 今晩 今晩のご注文は何ですか。	今晚 您今晚要點什麼餐呢？
コンビニ コンビニへ牛乳を買いに行った。	便利商店 去便利商店買牛奶。
★ コンピューター 今や、ほとんどの家電はコンピューターで制御されている。	電腦 現今幾乎所有家電都是靠電腦控制。

さ 行

從さしすせそ一路讀下去吧，N3就在眼前！
拾起每頁中的超重點星星單字，一個都別想跑！

Track 022

★ **魚** (さかな) 魚を上手に食べられない。	魚 我不擅長吃魚。	Level **1** 名詞 さ
★ **先** (さき) 先話しかけた女性はだれですか。	尖端、前方 剛剛跟你搭話的女生是誰？	Level **1** 動詞
作文 (さくぶん) 田中君は作文がとても上手だ。	作文 田中同學相當擅長作文。	Level **1** 形容詞
★ **桜** (さくら) 来週一緒に桜を見に行きませんか。	櫻花 下週要不要一起去賞櫻？	
★ **刺身** (さしみ) 日本人は刺身が大好きです。	生魚片 日本人非常喜歡生魚片。	
★ **雑誌** (ざっし) 今月の雑誌は発売しましたか。	雜誌 這個月的雜誌發售了嗎？	
再来年 (さらいねん) 今年の試験に不合格でしたが、再来年にまた頑張りましょう。	後年 雖然今年的考試不合格，不過後年再繼續加油吧。	
★ **散歩[する]** (さんぽ) 食事のあと、母と散歩した。	散步 吃完飯後，我和媽媽一起散步。	

字
彼の書いた字はすごく見にくいです。

字
他寫的字相當難辨識。

塩
塩を加え過ぎないように注意して。

鹽巴、食鹽
請注意鹽不要加太多。

★ 時間
忙しくて、食事をする時間もない。

時間、時刻
因為太忙了，連吃飯的時間也沒有。

★ 試験
大学の入学試験に自信がない。

考試
我對大學的入學考試沒有信心。

★ 辞書
わからないなら、辞書で調べてください。

辭典
如果不懂的話請查字典。

★ 下
机の下に何がありますか。

下面、下方
桌子下面有什麼東西？

★ 質問[する]
何か疑問があったら、質問してください。

質問、提問
如果有任何疑問的話，請提問。

★ 自転車
毎日自転車で学校へ行く。

腳踏車
每天騎腳踏車去學校。

自動車
夫は自動車で仕事に通っている。

汽車
丈夫開車通勤上班。

中文意思

字引
じびき

字引で調べても、その字の意味がわからない。
じびき　しら　　　　　じ　いみ

字典

雖然查了字典，但還是不懂那個字的意思。

事務所
じむしょ

社長が事務所で待っています。
しゃちょう　じむしょ　ま

辦公室

總經理正在辦公室內等待。

★ シャープペンシル

息子はシャープペンシルを買いに行った。
むすこ　　　　　　　　　か　い

自動鉛筆

兒子去買了自動鉛筆。

★ 社員
しゃいん

その会社の社員は何人ですか。
かいしゃ　しゃいん　なんにん

～公司的職員

那間公司的職員有多少人？

市役所
しやくしょ

私の父は市役所に務めている。
わたし　ちち　しやくしょ　つと

市政府

我的爸爸在市政府工作。

★ 写真
しゃしん

写真を撮ってくれませんか。
しゃしん　と

照片

能幫我拍個照嗎？

★ シャワー

母がシャワーを浴びている。
はは　　　　　　　　あ

淋浴

母親正在淋浴。

上海
しゃんはい

上海はとても賑やかな町です。
しゃんはい　　　　　にぎ　　　まち

上海

上海是個非常熱鬧的城市。

ジュース

娘はオレンジジュースが大好きです。
むすめ　　　　　　　　　　　だいす

果汁

女兒非常喜歡柳橙汁。

Level **1**
名詞

さ

Level **1**
動詞

Level **1**
形容詞

	中文意思
じゅうよっか **十四日** にがつじゅうよっか 二月十四日はバレンタインデーである。	十四日、十四號 二月十四日是情人節。
しゅうまつ ★ **週末** しゅうまつ　なに　よてい 週末に何か予定がありますか。	週末 週末有什麼規劃嗎？
しゅくだい ★ **宿題** しゅくだい　だ　　　　　　ひと　た 宿題を出さなかった人は立ってください。	功課、作業 沒有交作業的人請站起來。
しょうゆ ★ **醤油** りょうり　　　　　しょうゆ　ひつよう この料理には醤油が必要です。	醬油 對這道菜來說醬油是必要的。
しょくじ ★ **食事[する]** いっしょ　しょくじ あした一緒に食事しませんか。	用餐、吃飯 明天要一起吃飯嗎？
しょくどう ★ **食堂** わたし　　　　　しょくどう　しょくじ 私はいつも食堂で食事します。	餐廳、食堂 我每天都在食堂用餐。
しろ **白** おとこ　こ　　　　　しろ　　　　　ふく　き あの男の子はいつも白ずくめの服を着ている。	白色 那個男孩子總是穿著全白的衣服。
シンガポール ほうりつ　きび　くに シンガポールは法律が厳しい国です。	新加坡 新加坡是一個具有嚴厲法律的國家。
しんかんせん **新幹線** しんかんせん　の 新幹線に乗ったことがありますか。	新幹線 你有搭過新幹線嗎？

★ **新聞**
しんぶん

今日の**新聞**はどこですか。
きょう　　しんぶん

報紙

今天的報紙在哪裡？

水曜日
すいよう び

水曜日に彼との約束がある。
すいようび　かれ　　やくそく

星期三、禮拜三

我星期三和他有個約會。

スイス

スイスはとても平和なところです。
へい わ

瑞士

瑞士是個相當和平的地方。

スイッチ

スイッチを切ってください。
き

開關

請把開關關掉。

★ **スーツ**

面接のために、**スーツ**を買った。
めんせつ　　　　　　　　　か

西裝

因為要面試，所以買了西裝。

★ **スーパー［マーケット］**

お母さんが**スーパー**に行った。
かあ　　　　　　　　い

超級市場

媽媽去了超級市場。

★ **スカート**

スカートを短くした。
みじか

裙子

把裙子改短了。

スキー

今年の冬休みに軽井沢へ**スキー**に行きたい。
ことし　ふゆやす　かるいざわ　　　　　　い

滑雪

今年寒假想要去輕井澤滑雪。

すき焼き
や

うれしい事があったとき、いつも**すき焼き**
こと　　　　　　　　　　　　　　　や
が食べたい。
た

壽喜燒

當有開心的事情發生時，總是想要吃壽喜燒。

★ **すし**
すしは代表的な日本食です。

壽司
壽司是代表性的日本料理。

ストーブ
こんな寒い日に、本当にストーブがほしい。

火爐
在這麼冷的天裡，真的很想要有個火爐。

スプーン
あの子はスプーンでスープを飲んでいる。

湯匙、匙子
那個孩子正在用湯匙喝湯。

★ **スポーツ**
彼はスポーツ万能で、女の子にモテる。

運動、體育
他是體育運動的全才，在女孩子中深受歡迎。

★ **ズボン**
彼は転んでズボンを破れた。

褲子、長褲
他跌倒弄破了褲子。

背
背の高い男の人が好きです。

身高
我喜歡身高高的男生。

セーター
その黒いセーターを着ている人は誰ですか。

毛衣
那個穿著黑色毛衣的人是誰？

世界
世界中で、一番好きな国はどこですか。

世界
在世界中，你最喜歡的國家是哪呢？

★ **石鹸**
石鹸で手を洗った。

肥皂
用肥皂洗了手。

★ **背広**
面接のとき、背広を着たほうがいいです。

西裝
面試的時候，穿著西裝會比較好。

中文意思

セロテープ
セロテープで封筒をとめる。

透明膠帶
用透明膠帶封住信封。

★ 千
二千円を貸していただけませんか。

千
可以請您借我兩千日圓嗎？

先月
先月の十日は彼氏の誕生日です。

上個月
上個月十號是我男朋友的生日。

★ 先週
先週の日曜日に何をしましたか。

上星期
你上星期日做了些什麼呢？

★ 先生
何か質問があったら、先生に聞いてください。

老師
如果有什麼問題的話，請去詢問老師。

★ 掃除[する]
自分の部屋は自分で掃除してください。

打掃、掃除
自己的房間請自己打掃。

ソース
お母さんはトマトソースを作っている。

醬汁、醬料
媽媽正在製作番茄醬。

速達
この手紙を速達で送ってください。

限時信
這封信請以限時信寄送。

★ そこ
そこに立っている人は誰ですか。

那裡
站在那裡的人是誰呢？

Level 1 名詞
さ

Level 1 動詞

Level 1 形容詞

中文意思

そちら
そちらに座っている人は妹です。

那邊
坐在那邊的人是我妹妹。

そっち
そっちの人もお入りください。

那裡、那邊
那邊的人也請進。

★ 外
今日は外で食事をしよう。

外面
今天在外面吃飯吧！

★ 傍
私はずっと傍にいるよ。

旁邊、附近
我會一直在你身邊唷！

★ それ
それは校則違反の行為です。

那個
那是違反校規的行為。

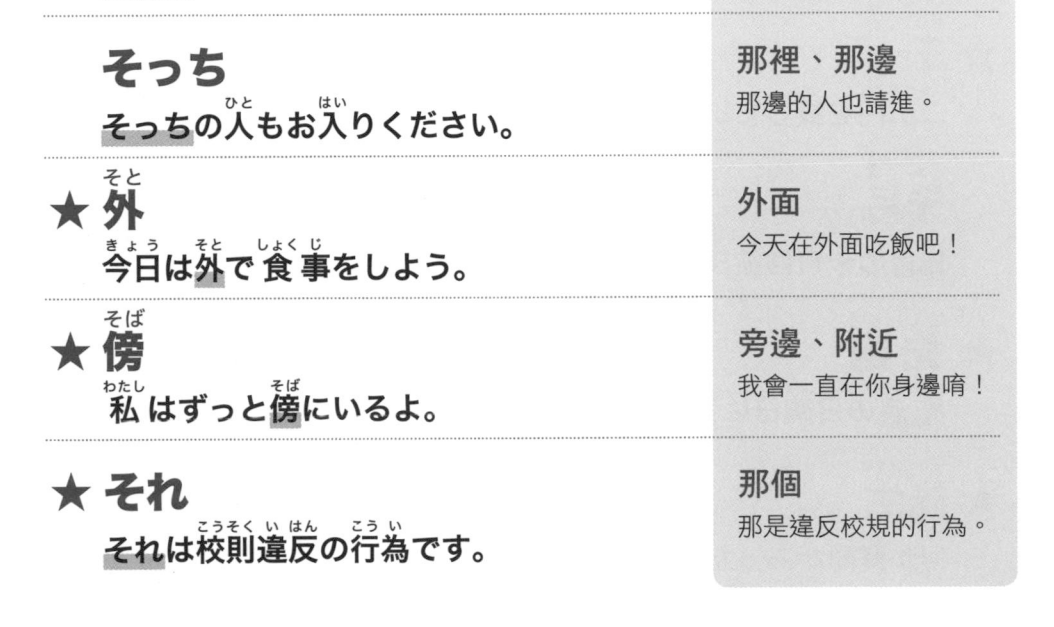

た 行

從たちつてと一路讀下去吧，N3就在眼前！
拾起每頁中的超重點星星單字，一個都別想跑！

 *Track 030*

中文意思

タイ
こんど そつぎょうりょこう
今度の卒業旅行は**タイ**に行く予定です。

泰國
這次的畢業旅行預計要去泰國。

Level 1 名 詞

た

★ **大学**
だいがく そつぎょう しゃかい はい
大学を卒業して、社会に入る。

大學
大學畢業之後，進入社會。

Level 1 動 詞

★ **タクシー**
ちこく い
もう遅刻だから、**タクシー**で行きます。

計程車
因為已經快遲到了，所以搭計程車過去。

Level 1 形 容 詞

縦
たてせん か
縦線を書いてください。

縱向
請畫一條豎線。

★ **タバコ**
からだ わる えいきょう
タバコは体に悪い影響がある。

菸草、菸
菸對身體有不好的影響。

★ **食べ物**
いちばん す た もの なん
一番好きな**食べ物**は何ですか。

食物
你最喜歡的食物是什麼呢？

卵
たまごりょうり つく
卵料理を作ってあげましょうか。

雞蛋、蛋
要不要幫你做道雞蛋料理？

誰
でんわ ひと だれ
さっき電話した人は**誰**ですか。

誰
剛剛打電話的人是誰？

★ **ダンス**
彼女はダンスコンテストで優勝した。

跳舞、舞蹈（～を
します：跳舞）
她在舞蹈比賽獲得冠軍。

地下
駐車場は地下二階にある。

地下
停車場在地下二樓。

★ **地下鉄**
地下鉄の駅はどこですか。

地下鐵
地鐵車站在哪裡呢？

★ **チケット**
チケットを忘れないでください。

票券
請不要忘記你的票。

★ **父**
父を感謝している。

父親
我很感謝父親。

中国
中国の歴史はものすごく長いです。

中國
中國的歷史極其悠久。

一日
四月一日には嘘をついてもいいですよ。

一號
在四月一日說謊的話也
沒關係。

★ **机**
電子辞書は机の上にあります。

書桌、桌子
桌子上有電子辭典。

★ **妻**
妻は私より年上です。

（自己的）妻子
妻子年紀比我大。

釣り
彼の趣味は釣りです。

釣魚（～をしま
す：釣魚）
他的興趣是釣魚。

中文意思

チョコレート
バレンタインデーにチョコレートを好きな人にあげる。

巧克力
在情人節時送巧克力給喜歡的人。

★ 手
手を取り合って、頑張りましょう。

手、手段
讓我們手牽手,一起加油吧!

★ 定食
お昼の定食は安くて美味しいです。

定食、套餐
午間套餐便宜又美味。

テープ
その映画のビデオテープはどこですか。

錄音帶、帶子
那部電影的錄影帶在哪裡呢?

★ テーブル
まだ引越ししたばかりなので、テーブルがない。

桌子
因為才剛搬家,還沒有桌子。

テープレコーダー
テープレコーダーは故障しまいました。

錄音機
錄音機故障了。

★ 手紙
母からの手紙を読んで、泣いてしまった。

信
讀了來自母親的信,我落淚了。

★ テスト
テストのために、勉強してください。

考試、檢查
為了考試,請好好讀書。

手帳
毎日の出来事を手帳に記入する。

記事本、筆記本
將每天發生的事記在記事本中。

Level 1 名詞

た

Level 1 動詞

Level 1 形容詞

中文意思

★ **デパート**

おばはデパートで 働 いています。

百貨公司

我的阿姨在百貨公司工作。

テレホンカード

携帯の普 及 で、テレホンカードを使う人は 少なくなった。

電話卡

因為行動電話的普及，使用電話卡的人變少了。

電気

電気を消してくれませんか。

電燈

可以幫我將電燈關掉嗎？

★ **電車**

私 たちは電車で原 宿 へ行く。

電車

我們搭電車去原宿。

電池

電池はリサイクルできる。

電池

電池可以回收。

★ **電話[する]**

電話番号を教えてください。

電話

請告訴我電話號碼。

戸

寒いから、戸を閉めてください。

門、房門

因為很冷，請把門關上。

★ **ドア**

あのホテルに回転ドアがあります。

門

那間飯店有旋轉門。

ドイツ

ドイツはヨーロッパ最大の工 業 大国です。

德國

德國是歐洲最大的工業大國。

★ **トイレ**

ちょっとトイレに行ってきます。

洗手間、廁所

去一下洗手間。

中文意思

父さん とう 父さんはいつ帰宅しますか。 とう　　　　　きたく	（自己的）爸爸、 父親 父親幾點回家呢？
★ **動物** どうぶつ あの先生は動物が大好きです。 せんせい　　どうぶつ　だい す	動物 那位老師很喜歡動物。
★ **登録[する]** とうろく 性別と名前を登録してください。 せいべつ　なまえ　とうろく	登記 請登記你的性別與名字。
十 とお 息子は今年十になる。 むすこ　ことしとお	十、十歲 兒子今年就要十歲了。
十日 とお か 五月十日は母の日です。 ご がつとお か　はは　ひ	十號、十天 五月十日是母親節。
★ **時計** と けい 時計を壁に掛ける。 と けい　かべ か	鐘錶 把時鐘掛在牆上。
どこ 新宿駅はどこですか。 しんじゅくえき	哪裡、哪個地方 新宿車站在哪邊呢？
ところ この町のいいところは空気がきれいです。 まち　　　　　　　　　くうき	地方、部分 這座城鎮的好處在於空氣清新。
★ **年** とし おばあさんは年を取ったけど、元気がいいです。 とし　と　　　　　　げん き	年、歲 奶奶雖然有年紀了，但還是很健康。

Level
1
名　詞

た

Level
1
動　詞

Level
1
形容詞

中文意思

★ 図書館
図書館から本を借りました。

圖書館
從圖書館借了書。

どちら
お家はどちらですか。

哪邊（どこ的禮貌型）
您家在哪邊呢？

どなた
こちらの傘はどなたのですか。

哪位（だれ的敬語）
這支傘是哪位的？

★ 隣
隣の夫婦はとても熱心な人です。

鄰居、鄰近
鄰居夫婦是非常熱心的人。

★ 友達
彼女と友達になれて、うれしい。

朋友
能和她成為朋友，我很開心。

★ 土曜日
今週の土曜日に何か予定がありますか。

星期六、禮拜六
這週六有什麼計畫呢？

鳥
空を飛ぶ鳥がうらやましいと思う。

鳥
我羨慕鳥能在天飛翔。

鶏肉
豚肉より、鶏肉のほうが好きです。

雞肉
比起豬肉，我更喜歡雞肉。

★ どれ
彼が描いた絵はどれですか。

哪個
他畫的畫是哪一幅？

な行

從なにぬねの一路讀下去吧，N3就在眼前！

拾起每頁中的超重點星星單字，一個都別想跑！

 *Track 036*

ナイフ

ナイフでケーキを切ってください。

刀子

請用刀子切蛋糕。

★ **中**
なか

このクラスの中で、成績が一番いい人は誰
なか　　　せいせき　いちばん　　　ひと　だれ
ですか。

裡面、～之中

在這個班級裡面，成績最好的是誰？

★ **夏休み**
なつやす

夏休みに何か予定がありますか。
なつやす　なに　よてい

暑假

你暑假有什麼計畫呢？

七つ
なな

卵を七つ買ってくれませんか。
たまご　なな　か

七、七歲

能幫我買七個雞蛋嗎？

★ **何**
なに

誕生日に何がほしいですか。
たんじょうび　なに

什麼、怎麼

你生日想要什麼呢？

七日
なのか

旧暦七月七日は中国のバレンタインデー
きゅうれきしちがつなのか　ちゅうごく
です。

（日期）七號、七天

農曆七月七日是中國的情人節。

★ **肉**
にく

彼氏は焼き肉が大好きです。
かれし　や　にく　だいす

肉

我男朋友相當喜歡吃烤肉。

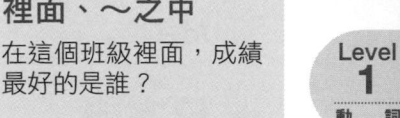

Level **1**
名詞

な

Level **1**
動詞

Level **1**
形容詞

二十四日
にじゅうよっか

来月の二十四日は母の誕生日です。
らいげつ　にじゅうよっか　はは　たんじょうび

二十四號

下個月二十四號是媽媽的生日。

日曜日
にちようび

今週の日曜日に動物園に行こうか。
こんしゅう　にちようび　どうぶつえん　い

星期天、禮拜天

這週星期日要一起去動物園嗎？

日本
にほん

機会があれば、ぜひ日本へ遊びに行ってください。
きかい　　　　　　　　　にほん　あそ　い

日本

如果有機會的話，請一定要去日本玩。

★ 日本語
にほんご

大学の専攻は日本語だった。
だいがく　せんこう　にほんご

日語

我大學主修日語。

★ 庭
にわ

庭で野菜を育てるのが趣味です。
にわ　やさい　そだ　　　　しゅみ

庭院

在庭院種菜是我的興趣。

★ ネクタイ

父の日にネクタイをプレゼントした。
ちち　ひ

領帶

在父親節時送領帶當禮物。

★ 猫
ねこ

家に猫が四匹いる。
いえ　ねこ　よんひき

貓

家裡有四隻貓。

★ ノート

ノートを貸してくれませんか。
か

筆記本

可以借我筆記本嗎？

★ 乗り場
の　ば

バスの乗り場で待っている。
の　ば　ま

候車處

我正在公車候車處等待。

は行

從はひふへほ一路讀下去吧，N3就在眼前！

拾起每頁中的超重點星星單字，一個都別想跑！

*Track 038*

中文意思

は	
歯 **歯**が痛いので、医者を見に行く。	牙齒 因為牙齒痛，所以要去看醫生。
灰皿 **灰皿**を用意してくれませんか。	菸灰缸 能幫我準備菸灰缸嗎？
★ **はがき** 彼女の家へはがきを送った。	明信片 寄送明信片到她家。
博多 **博多**のラーメンはとても有名です。	博多（九州的地名） 博多的拉麵相當有名。
★ **箱** その箱の中に何を入れましたか。	箱子、盒子 你在那個箱子中放了什麼呢？
はさみ **はさみ**で紙を切ります。	剪刀 用剪刀剪紙。
橋 この橋を渡ると、学校に着く。	橋 過了這座橋，就到學校了。
★ **箸** マイ箸を持ち歩いています。	筷子 我隨身攜帶環保筷。

Level 1 名詞
は

Level 1 動詞

Level 1 形容詞

045

中文意思

★ 初めて
はじ

彼女に初めて会ったのは十年前です。
かのじょ　　はじ　　あ　　　　　　じゅうねんまえ

第一次、初次

第一次遇到她時是十年前。

★ バス

バスで学校に通っている。
　　　がっこう　かよ

公車

搭公車上下學。

パソコン

パソコンが買いたいです。
　　　　　か

個人電腦

我想要買電腦。

★ 二十歳
はたち

二十歳未満はお酒を飲んではいけません。
はたちみまん　　さけ　の

二十歳

未滿二十歲不能喝酒。

★ 二十日
はつか

今月の二十日に運動会が行われます。
こんげつ　はつか　うんどうかい　おこな

（日期）二十號、
二十天

這個月二十號要舉辦運動會。

鼻
はな

象は鼻が長いです。
ぞう　はな　なが

鼻子

大象的鼻子是長的。

★ 花
はな

彼女は花が大好きです。
かのじょ　はな　だいす

花

她非常喜歡花。

★ 母
はは

母は弁護士です。
はは　べんごし

母親

我的母親是律師。

晴れ
は

明日は晴れますように祈ります。
あした　は　　　　　　いの

晴天

祈禱明天是晴天。

半
はん

十時半に映画館で持ち合わせる。
じゅうじはん　えいがかん　ま　あ

半

約十點半在電影院見面。

日文	中文意思
晩（ばん） 晩（ばん）ご飯（はん）は何（なに）にしますか。	晚上 晚餐要吃什麼？
★ **パン** クリームパンが一番（いちばん）好（す）きです。	麵包 最喜歡克林姆麵包了。
★ **番号**（ばんごう） 電話番号（でんわばんごう）を教（おし）えてください。	號碼 請告訴我電話號碼。
晩ご飯（ばんごはん） 友達（ともだち）に晩（ばん）ご飯（はん）を誘（さそ）った。	晚餐 邀朋友共進晚餐。
パンチ 駅員（えきいん）が切符（きっぷ）にパンチを入（い）れた。	打孔機 車站人員用打孔機剪了車票。
ビール 今日（きょう）はビールを飲（の）もう。	啤酒 今天去喝啤酒吧！
★ **飛行機**（ひこうき） 飛行機（ひこうき）で北海道（ほっかいどう）に行（い）く。	飛機 搭飛機去北海道。
美術（びじゅつ） 高校（こうこう）の時（とき）、美術部（びじゅつぶ）に所属（しょぞく）していた。	美術 我高中時是美術社的。
★ **美術館**（びじゅつかん） 明日（あした）美術館（びじゅつかん）に行（い）こうよ。	美術館 明天去美術館吧！
★ **左**（ひだり） その角（かど）で左（ひだり）へ曲（ま）がってください。	左邊 請在那個轉角向左轉。

Level **1** 名詞

は

Level **1** 動詞

Level **1** 形容詞

中文意思

人
こんなにいい人はいないと思う。

人、人類
我覺得沒有這麼好的人。

★ 一つ
一つ願いがあるのですが…

一個、一歲
有一件事想拜託你……

一月
このプロジェクトを完成させるのに一月がかかります。

一個月
要完成這個計畫需要一個月。

★ 一人
今日出席した人はただ一人でした。

一個人
今天僅有一個人出席。

★ ひま
ひまがあるなら手伝ってください。

空閒、時間
如果有空閒的話請來幫忙。

百
テストで百点を取った。

百
考試拿了一百分。

★ 病院
病院へお見舞いに行きます。

醫院
去醫院探病。

★ 病気
彼のお父さんは病気で倒れた。

疾病、毛病
他的父親病倒了。

★ 平仮名
明日平仮名のテストがある。

平假名
明天有平假名的考試。

★ 昼
ひる

お昼に先生の実験室へ来てください。

白天、中午、午餐

中午時請到老師的實驗室來。

昼ご飯
ひる はん

昼ご飯はいつもパンで済ませる。

午餐

我平時都用麵包打發午餐。

昼休み
ひるやす

昼休みに練習しよう。

午休

午休時來練習吧！

琵琶湖
びわこ

初めて琵琶湖に行きました。

琵琶湖（日本最大的湖）

第一次去琵琶湖。

ファクス

資料をファクスで送ってください。

傳真

請將資料傳真過來。

フィルム

このフィルムは二十四枚撮りです。

底片

這卷底片可以拍二十四張照片。

★ 服
ふく

着なくなった服をまとめて処分する。

衣服

把不穿了的衣服一次全部處理掉。

★ 二つ
ふた

アイスクリームを二つください。

兩個、二歲

請給我兩個冰淇淋。

豚肉
ぶたにく

豚肉のしゃぶしゃぶが大好きです。

豬肉

超喜歡豬肉涮涮鍋。

★ 二人
ふたり

浜辺へ二人で行った。

兩個人

兩個人一起去了海灘。

Level 1 名詞

は

Level 1 動詞

Level 1 形容詞

049

中文意思

二日 (ふつか)
八月二日 (はちがつふつか) は 私 (わたし) たちの結婚記念日 (けっこんきねんび) です。

（日期）二號、兩天

八月二日是我們的結婚紀念日。

ビデオ
ビデオを借 (か) りに行 (い) きます。

錄影帶、錄影機

要去借錄影帶。

★ 船 (ふね)
この川 (かわ) では船 (ふね) の通行 (つうこう) が禁止 (きんし) されています。

船

這條河川禁止船通行。

ブラウス
その赤 (あか) いブラウスを着 (き) ている 少女 (しょうじょ) はきれいです。

女生的襯衫

那位穿著紅色襯衫的少女很漂亮。

ブラジル
ブラジルではサッカーはとても人気 (にんき) があります。

巴西

在巴西足球很受歡迎。

フランス
フランス語 (ご) がしゃべれますか。

法國

你會講法語嗎？

★ 風呂 (ふろ)
先 (さき) に風呂 (ふろ) に入 (はい) ってください。

浴池、浴室

請先去洗澡。

文章 (ぶんしょう)
その文章 (ぶんしょう) を書 (か) いた人 (ひと) は誰 (だれ) ですか。

文章

寫那篇文章的人是誰？

★ ベッド
彼氏 (かれし) はベッドに寝 (ね) ている。

床

我男朋友正在床上睡覺。

★ 部屋
お部屋に入ってもいいですか。

房間、屋子
請問可以進入房間嗎？

★ 辺
この辺で何か面白い場所はありますか。

邊、附近
這附近有什麼有趣的地方嗎？

| Level 1 名詞 |
| は |

★ 勉強
早く勉強しなさい。

學習、用功
早點去唸書。

方
左の方へ向かってください。

方向、方面
請往左方移動。

| Level 1 動詞 |

★ 帽子
暑いので、帽子をかぶったほうがいいです。

帽子
因為天氣熱，戴著帽子會比較好。

| Level 1 形容詞 |

★ ボールペン
試験では必ずボールペンを使用してください。

原子筆
考試的時候，請務必使用原子筆。

他
他に何かいい方法はありますか。

另外、除〜之外
你有其它什麼好方法嗎？

ポスト
手紙をポストに入れてください。

郵筒、信箱
請將信投入郵筒。

ホッチキス
ホッチキスを買ってくれませんか。

釘書機
可以幫我買釘書機嗎？

★ 本
ほん

一月に本を十冊も読んだ。
いちがつ　　ほん　　じゅうさつ　　よ

中文意思

書
在一月份讀了十本書。

ホンコン

明日ホンコンへ出張に行きます。
あす　　　　　　　しゅっちょう　い

香港
明天要去香港出差。

★ 本棚
ほんだな

黒い本棚は少ないです。
くろ　ほんだな　すく

書架
很少有黑色的書架。

★ 本屋
ほん　や

午後本屋に行くつもりです。
ご　ごほんや　い

書店
預計下午要去書店。

ま 行

從まみむめも一路讀下去吧，N3就在眼前！
拾起每頁中的超重點星星單字，一個都別想跑！

🎵 **Track 046**

日文	中文意思
★ **毎朝**（まいあさ） 毎朝何時に起きますか。	**每天早上** 你每天早上都幾點起床呢？
★ **毎週**（まいしゅう） 毎週その店に行く習慣がある。	**每週** 習慣每週去那間店。
毎月（まいつき） 毎月十万円ぐらいの給料をもらえる。	**每個月** 每個月能收到十萬日圓左右的薪水。
★ **毎年**（まいとし） 毎年のクリスマスにはパーティを行います。	**每年** 每年聖誕節會舉辦派對。
★ **毎日**（まいにち） 彼は毎日歩いて学校に通っている。	**每天** 他每天走路上下學。
毎晩（まいばん） あの赤ちゃんは毎晩泣いている。	**每天晚上** 那個嬰兒每天晚上都在哭。
★ **前**（まえ） この前に、もっと重要な事があるでしょう。	**前面、以前** 在這之前，應該還有更重要的事吧。
★ **窓**（まど） 寒いので、窓を閉めてください。	**窗戶** 因為很冷，請關上窗戶。

Level 1 名詞 ま

Level 1 動詞

Level 1 形容詞

中文意思

万 まん そのコンサートは五万人も動員した。 ご まんにん どういん	萬 那場演唱會集結了五萬人。
万年筆 まんねんひつ この万年筆にはインキが入っていますか。 まんねんひつ はい	鋼筆 這支鋼筆有墨水嗎？
みかん 果物の中で、みかんが一番好きです。 くだもの なか いちばん す	橘子 在水果中，我最喜歡橘子。
★ **右** みぎ その角で右へ曲がってください。 かど みぎ ま	右邊 請在那個轉角右轉。
★ **水** みず 運動の後、いつも水がほしい。 うんどう あと みず	水 運動過後我總是想喝水。
★ **店** みせ その店は何の専門店ですか。 みせ なん せんもんてん	店、商店 那間店是什麼東西的專賣店呢？
三日 みっか 今回の試験は三日連続で行われた。 こんかい しけん みっかれんぞく おこな	三號、三天 這次的考試持續了三天。
三つ みっ 三角形を三つ描いてください。 さんかっけい みっ か	三個、三歲 請畫三個三角形。
★ **皆さん** みな 皆さん、静かにしてください。 みな しず	大家、各位（客氣用語） 各位，請安靜。

中文意思

耳
<ruby>耳<rt>みみ</rt></ruby>

この<ruby>話<rt>はなし</rt></ruby> は<ruby>初耳<rt>はつみみ</rt></ruby>です。

耳朵

這話我是第一次聽到。

皆
<ruby>皆<rt>みんな</rt></ruby>

<ruby>皆<rt>みなん</rt></ruby>、<ruby>諦<rt>あきら</rt></ruby>めないで、もうちょっと<ruby>頑張<rt>がんば</rt></ruby>りましょう。

大家、各位

大家，不要放棄，再努力一下吧！

六日
<ruby>六日<rt>むい か</rt></ruby>

<ruby>今月<rt>こんげつ</rt></ruby>の<ruby>六日<rt>むいか</rt></ruby>は<ruby>私<rt>わたし</rt></ruby> の<ruby>誕生び<rt>たんじょう び</rt></ruby>です。

六號、六天

這個月六號是我的生日。

六つ
<ruby>六<rt>むっ</rt></ruby>つ

<ruby>消<rt>け</rt></ruby>しゴムを<ruby>六<rt>むっ</rt></ruby>つ<ruby>買<rt>か</rt></ruby>ってくれませんか。

六個、六歲

可以幫我買六個橡皮擦嗎？

★ 目
<ruby>目<rt>め</rt></ruby>

<ruby>目<rt>め</rt></ruby>の<ruby>大<rt>おお</rt></ruby>きい<ruby>女<rt>おんな</rt></ruby> の<ruby>子<rt>こ</rt></ruby>が<ruby>好<rt>す</rt></ruby>きです。

眼睛、視力

我喜歡大眼睛的女孩子。

★ 眼鏡
<ruby>眼鏡<rt>め がね</rt></ruby>

その<ruby>眼鏡<rt>めがね</rt></ruby>をかけている<ruby>男性<rt>だんせい</rt></ruby>は<ruby>誰<rt>だれ</rt></ruby>ですか。

眼鏡

那個戴著眼鏡的男生是誰？

メキシコ

メキシコに<ruby>行<rt>い</rt></ruby>ったことがありますか。

墨西哥

你有去過墨西哥嗎？

★ 木曜日
<ruby>木曜日<rt>もくようび</rt></ruby>

<ruby>木曜日<rt>もくようび</rt></ruby>に<ruby>何<rt>なに</rt></ruby>か<ruby>予定<rt>よてい</rt></ruby>がありますか。

星期四、禮拜四

你星期四有什麼計畫呢？

★ 物
<ruby>物<rt>もの</rt></ruby>

そのかばんは<ruby>私<rt>わたし</rt></ruby> の<ruby>物<rt>もの</rt></ruby>です。

東西、物品

那個包包是我的東西。

Level **1** 名 詞
ま

Level **1** 動 詞

Level **1** 形 容 詞

★ 紅葉
^{もみじ}
今週の週末に紅葉を見に行こうよ。
^{こんしゅう} ^{しゅうまつ} ^{もみじ} ^み ^い

門
^{もん}
この学校の正門はどこですか。
^{がっこう} ^{せいもん}

★ 問題
^{もんだい}
彼の成功は時間の問題だ。
^{かれ} ^{せいこう} ^{じ かん} ^{もんだい}

中文意思

紅葉（秋天的各種變色葉）
這週末去看楓葉吧！

門口、門
這所學校的正門在哪邊呢？

問題、事件
他的成功只是時間問題。

や 行

從やゆよ一路讀下去吧，N3就在眼前！
拾起每頁中的超重點星星單字，一個都別想跑！

🔘 *Track 050*

★ **八百屋**（やおや）
私（わたし）の実家（じっか）は八百屋（やおや）です。

蔬菜店
我老家是蔬菜店。

Level **1**
名 詞
や

★ **約束**（やくそく）
約束（やくそく）を守（まも）らない人（ひと）は信（しん）じられない。

約定、承諾
我無法相信不守約定的人。

Level **1**
動 詞

休み（やす）
夏休（なつやす）みに台湾（たいわん）へ旅行（りょこう）に行（い）くつもりです。

休息、休假
我預計暑假時去臺灣旅行。

Level **1**
形 容 詞

八つ（やっ）
八百屋（やおや）さんでみかんを八（やっ）つ買（か）った。

八個、八歲
在蔬果店買了八顆橘子。

★ **郵便局**（ゆうびんきょく）
帰（かえ）りに、郵便局（ゆうびんきょく）に寄（よ）ってきた。

郵局
在回家途中，順道去了郵局。

★ **昨夜**（ゆうべ）
昨夜（ゆうべ）何（なに）かあったんですか。

昨晚、昨天夜裡
昨晚發生了什麼事？

夕べ（ゆう）
明日（あした）クラシックの夕（ゆう）べが開催（かいさい）される。

傍晚、晚會
明天要舉辦古典音樂晚會。

★ **雪**（ゆき）
雪（ゆき）が降（ふ）って、寒（さむ）くなった。

雪、雪白
下了雪，變冷了。

	中文意思
八日（ようか） 台湾では八月八日（はちがつようか）は父の日（ちちのひ）である。	八號、八天 在臺灣八月八日是父親節。
★ **用事**（ようじ） 今日（きょう）は用事（ようじ）があって、そこに行（い）けないんだ。	（必須辦的）事情、工作 因為今天有事，所以沒辦法去那邊。
★ **洋服**（ようふく） その洋服（ようふく）はどこで買（か）ったんですか。	西服 那件西服是在哪裡買的呢？
★ **予言[する]**（よげん） あの先生（せんせい）は再来年（さらいねん）に大地震（おおじしん）が起（お）きると予言（よげん）した。	預言、預告 那個老師預言後年會發生大地震。
★ **横**（よこ） 横（よこ）に線（せん）を引（ひ）いてください。	橫、旁邊 請畫橫線。
四日（よっか） 彼（かれ）らの交際（こうさい）は四日（よっか）で終（お）わってしまった。	四號、四天 他們交往只持續了四天。
★ **四つ**（よっ） 彼女（かのじょ）がついたうそは四つ（よっ）もあって、信（しん）じられない。	四個、四歲 她已經說了四個謊，真是無法相信。
★ **夜**（よる） フクロウは夜（よる）に活動（かつどう）する動物（どうぶつ）です。	夜、夜晚 貓頭鷹是在夜晚活動的動物。

ら行

從らりるれろ一路讀下去吧，N3就在眼前！

拾起每頁中的超重點星星單字，一個都別想跑！

🔘 *Track 052*

来月（らいげつ） 来月アメリカの大統領は来日する予定だ。	下個月 下個月美國總統計畫訪問日本。
来週（らいしゅう） 来週の月曜日は彼女の誕生日です。	下週 下週一是她的生日。
★ **来年**（らいねん） 来年のこの時期にも一緒に来てね。	明年 明年這個時候也一起來吧。
ラジオ 今ラジオで何を放送していますか。	收音機、電台 現在收音機正在播放什麼呢？
★ **ラジカセ** 電気屋さんでラジカセを買った。	收錄音機 在電器行買了收錄音機。
★ **留学生**（りゅうがくせい） 日本にいる台湾の留学生は非常に多い。	留學生 在日本有相當多臺灣留學生。
寮（りょう） 大学一年生のとき、寮に住んでいた。	宿舍 大學一年級時，我住在宿舍。
★ **旅行[する]**（りょこう） 修学旅行はどこに行きましたか。	旅行（～をします：去旅行） 修學旅行去了哪裡呢？

Level **1** 名詞
ら

Level **1** 動詞

Level **1** 形容詞

★ **りんご**
りんごを四等分にする。

蘋果
把蘋果切成四等份。

レコード
彼はＬＰレコードを集めている。

唱片
他正在收集LP唱片。

★ **レポート**
早くレポートを出してください。

報告
請早點提交報告。

★ **廊下**
犬は廊下で寝るのが大好きです。

走廊
狗很喜歡在走廊睡覺。

ローマ字
その単語をローマ字で表記してください。

羅馬拼音
請用羅馬拼音表記那個單字。

ロシア
ロシア料理と言えばボルシチです。

俄羅斯
説起俄國料理就會想到羅宋湯。

★ **ロビー**
お客さんがロビーで待っている。

大廳、休息室
客人正在大廳等著。

わ行

從わ一路讀下去吧，N3就在眼前！
拾起每頁中的超重點星星單字，一個都別想跑！

 *Track 054*

日文	中文意思	
★ **ワイシャツ** かれし たんじょうび 彼氏の誕生日に、ワイシャツをプレゼントした。	**男生的襯衫** 在男朋友的生日，我送了件襯衫當作禮物。	Level 1 名詞 わ
★ **ワイン** しろ あか す 白ワインと赤ワイン、どっちが好きですか。	**葡萄酒** 白葡萄酒跟紅葡萄酒，你喜歡哪個？	Level 1 動詞
★ **私**（わたくし） こんど じけん わたくし せきにん 今度の事件は 私 の責任です。	**我（正式的講法、用於正式場合）** 這次的事件是我的責任。	Level 1 形容詞
★ **私**（わたし） わたし むすこ いまこうこうせい 私 の息子は今高校生です。	**我** 我的兒子現在是高中生。	

動詞

あ行

從あいうえお一路讀下去吧，N3就在眼前！

拾起每頁中的超重點星星單字，一個都別想跑！

Track 055

中文意思

日文	中文意思
★ **会う** きのうえき かのじょ あ 昨日駅で彼女に会った。	遇見、碰見（朋友） 昨晚在車站遇見女朋友。
開く あ かばんが開いていますよ。	開 你的包包開的哦。
★ **開ける** あ ドアを開けてください。	開、打開 請打開門。
挙げる ぐたいてき れい あ 具体的な例を挙げてください。	舉、舉行 請舉出具體的例子。
★ **遊ぶ** あそ い あしたどこへ遊びに行きたいですか。	遊玩 明天想要去哪裡玩呢？
★ **あびる** にっこう だいす 日光をあびることが大好きです。	淋、浴 我非常喜歡曬太陽。
有る ちか あ この近くにホテルがたくさん有る。	有 這附近有很多旅館。
在る わたし がっこう となり あ 私の学校はそのコンビニの隣に在る。	在 我的學校在那間超商的旁邊。

中文意思

★ 歩く
あ*る*
食事のあと、歩いて帰った。
しょくじ　　　　ある　　かえ

走
用完餐後，我走路回家。

★ 言う
い
彼の言ったことは事実ですか。
かれ　い　　　　　じじつ

說、講
他説的話是事實嗎？

★ 行く
い
昨日どこへ行きましたか。
きのう　　　　い

去、往
你昨天去了哪裡呢？

居る
い
今は会社に居ます。
いま　かいしゃ　い

有、在
我現在在公司。

歌う
うた
父さんよく風呂に入りながら歌を歌う。
とう　　　　ふ　ろ　　はい　　　　うた　うた

唱、唱歌
爸爸經常在洗澡時唱歌。

★ 起きる
お
何時に起ればいいのでしょうか。
なんじ　　お

醒、起來
幾點起床比較好呢？

教える
おし
その機械の扱い方を教えてください。
きかい　あつか　かた　おし

教授、指導
請指導我那個機器的操作方法。

押す
お
あのボタンを押してください。
お

按、推
請按那個按鈕。

★ 覚える
おぼ
去年のあの事件はまだ覚えている。
きょねん　　　じけん　　　　おぼ

記得
我還記得去年的那個事件。

Level
1
名　詞

Level
1
動　詞
あ

Level
1
形容詞

か 行

從かきくけこ一路讀下去吧，N3就在眼前！
拾起每頁中的超重點星星單字，一個都別想跑！

Track 057

中文意思

★ 買う
コンビニに飲み物を買いに行く。

買
去超商買飲料。

★ 帰る
十時ぐらいに家に帰るつもりです。

回覆、回來
我預計十點左右回家。

★ かかる
六年かかって、やっと卒業できる。

花費（時間、金錢）
花費六年，終於能畢業了。

掛ける
父が窓にカーテンを掛けた。

蓋、掛上
父親將窗簾掛上窗。

★ かぶる
日が強いので、帽子をかぶってください。

戴上
陽光很強，請戴上帽子。

★ 聞く、聴く
ちょっと黙っていて、ラジオを聴いているから。

聽、打聽
請安靜一下，我正在聽收音機。

刻む
玉ねぎを小さく刻んでください。

剁碎、雕刻、銘記、鐘錶計時
請將洋蔥剁碎成小塊。

★ 着^きる

その制服^{せいふく}を着^きている子^こは娘^{むすめ}です。

穿
那個穿著制服的孩子是我的女兒。

切^きる

あした髪^{かみ}の毛^けを切^きりに行^いくつもりです。

剪
明天打算要去剪頭髮。

★ 来^くる

ちょっと待^まって、彼^{かれ}はもうすぐ来^くるから。

來
請稍等一下，他馬上就來了。

消^けす

電気^{でんき}を消^けしてください。

關閉
請把電燈關上。

中文意思

Level **1** 名詞

Level **1** 動詞

か

Level **1** 形容詞

さ行

從さしすせそ一路讀下去吧，N3就在眼前！

拾起每頁中的超重點星星單字，一個都別想跑！

🔊 *Track 059*

中文意思

差す あめ ふ かのじょ かさ さ 雨が降ったから、彼女に傘を差してあげた。	撐（傘）、加 下雨了，我幫女朋友撐傘。
閉める へん みせ だいたいなんじ し こちら辺の店は大体何時に閉めますか。	關閉 這邊的店大概都幾點關門呢？
★ **知る** ひと し あの人を知りません。	知道、認識 我不認識那個人。
★ **吸う** す たばこを吸わないでください。	吸 請不要吸菸。
★ **する** なに あした何をするつもりですか。	做 你明天預計要做什麼呢？

た行

從たちつてと一路讀下去吧，N3就在眼前！
拾起每頁中的超重點星星單字，一個都別想跑！

 **Track 060**

	中文意思	
★ 出_だす 「早_{はや}くレポートを出_だして」と先生_{せんせい}に言_いわれた。	提出、交出、寄（信） 老師說：「快點交報告」。	**Level 1** 名詞
★ 食_たべる 母_{はは}の手料理_{てりょうり}が食_たべたいです。	吃、生活 想吃媽媽的家常菜。	**Level 1** 動詞
違_{ちが}う 結果_{けっか}は彼_{かれ}の予想_{よそう}とは違_{ちが}った。	不一樣、不對、不是 結果和他預想的不一樣。	さた **Level 1** 形容詞
捕_{つか}まえる 警察_{けいさつ}の仕事_{しごと}は悪_{わる}い人_{ひと}を捕_{つか}まえることです。	逮捕、捉到 警察的工作是逮捕壞人。	
★ 疲_{つか}れる すごく疲_{つか}れたから、すぐ家_{いえ}に帰_{かえ}りたい。	疲累、疲勞 因為非常疲累了，想要馬上回家。	
★ 作_{つく}る 料理_{りょうり}の先生_{せんせい}がケーキを作_{つく}っている。	做、製 烹飪老師正在做蛋糕。	
出_でる 彼女_{かのじょ}はその部屋_{へや}から出_でてきた。	走出 她從那個房間走出來。	

★ **どうぞ**
どうぞお入（はい）りください。

中文意思
請、給你。
請進。

撮（と）る
そこで写真（しゃしん）を撮（と）る人（ひと）はたくさんいる。

照相、攝影
在那裡拍照的人很多。

な 行

從なにぬねの一路讀下去吧，N3就在眼前！
拾起每頁中的超重點星星單字，一個都別想跑！

★ **寝（ね）る**
もう寝（ね）る時間（じかん）ですよ。

中文意思
睡覺、就寢
已經到睡覺時間了唷。

★ **飲（の）む**
一緒（いっしょ）にお茶（ちゃ）を飲（の）みに行（い）きませんか。

喝
要一起去喝茶嗎？

は 行

從はひふへほ一路讀下去吧，N3就在眼前！
拾起每頁中的超重點星星單字，一個都別想跑！

🔘 *Track 063*

★ 入る
ハい

どうぞ部屋に入ってください。
へや　はい

進入
請進入房間。

Level
1
名　詞

★ 履く
は

靴を履いたまま入っていいよ。
くつ　は　　　　　はい

穿（鞋子、褲子）
可以穿鞋入內唷。

Level
1
動　詞

なは

★ 引く
ひ

そちらの綱を引いてください。
つな　ひ

拉、減掉
請拉那邊的繩索。

Level
1
形容詞

弾く
ひ

彼女はピアノが弾ける。
かのじょ　　　　　ひ

彈、彈奏
她會彈鋼琴。

吹く
ふ

台風があるため、風が激しく吹いている。
たいふう　　　　　かぜ　はげ　　ふ

吹
因為有颱風，所以正吹著強烈的風。

🔊 *Track 064*

中文意思

★ **待つ**
すみませんが、もうちょっと待ってくれませんか。

等、等待
不好意思，可以再稍等我一下嗎？

見せる
IDカードを見せてください。

給⋯⋯看、顯示
請出示身分證。

★ **見る**
あしたは彼氏と映画を見る予定だ。

看
明天計畫跟男朋友一起看電影。

★ **持つ**
そんな大金を持って歩くのは危ないです。

拿、持有
隨身攜帶那麼多錢很危險。

★ **もらう**
このプレゼントは雅美ちゃんからもらった。

接受、得到
這個禮物是從雅美那得到的。

や 行

從やゆよ一路讀下去吧，N3就在眼前！
拾起每頁中的超重點星星單字，一個都別想跑！

🔘 *Track 065*

中文意思

★ 休_{やす}む
過労_{かろう}にならないように、休_{やす}みましょう。

休息
為了不要過勞，我們休息一下吧。

Level
1
名　詞

★ 読_よむ
その作者_{さくしゃ}の本_{ほん}を読_よむのが好_すきです。

看、讀
我喜歡看那個作者的書。

Level
1
動　詞

やわ

Level
1
形容詞

わ 行

從わ一路讀下去吧，N3就在眼前！
拾起每頁中的超重點星星單字，一個都別想跑！

🔘 *Track 066*

中文意思

★ わかる
彼_{かれ}の言_いった事_{こと}はわかりますか。

了解、明白、懂
你明白他説的話嗎？

あ行

從あいうえお一路讀下去吧，N3就在眼前！

拾起每頁中的超重點星星單字，一個都別想跑！

Track 067

中文意思

青い
<ruby>青<rt>あお</rt></ruby>い

<ruby>青<rt>あお</rt></ruby>い<ruby>空<rt>そら</rt></ruby>を<ruby>見<rt>み</rt></ruby>るたび、<ruby>幸<rt>しあわ</rt></ruby>せを<ruby>感<rt>かん</rt></ruby>じる。

藍色的
每當看到藍色天空時，就覺得幸福。

★ 赤い
<ruby>赤<rt>あか</rt></ruby>い

<ruby>彼女<rt>かのじょ</rt></ruby>は<ruby>赤<rt>あか</rt></ruby>い<ruby>服<rt>ふく</rt></ruby>を<ruby>着<rt>き</rt></ruby>ている。

紅色的
她穿著紅色的衣服。

★ 暖かい
<ruby>暖<rt>あたた</rt></ruby>かい

お<ruby>父<rt>とう</rt></ruby>さんの<ruby>手<rt>て</rt></ruby>は<ruby>暖<rt>あたた</rt></ruby>かい。

溫暖的、溫熱的
父親的手是溫暖的。

★ 新しい
<ruby>新<rt>あたら</rt></ruby>しい

<ruby>娘<rt>むすめ</rt></ruby>に<ruby>新<rt>あたら</rt></ruby>しい<ruby>服<rt>ふく</rt></ruby>を<ruby>買<rt>か</rt></ruby>ってあげた。

新的
幫女兒買了新衣服。

★ 暑い、熱い
<ruby>暑<rt>あつ</rt></ruby>い、<ruby>熱<rt>あつ</rt></ruby>い

<ruby>今年<rt>ことし</rt></ruby>の<ruby>夏<rt>なつ</rt></ruby>は<ruby>特<rt>とく</rt></ruby>に<ruby>暑<rt>あつ</rt></ruby>い。

熱的
今年夏天特別熱。

危ない
<ruby>危<rt>あぶ</rt></ruby>ない

<ruby>高所<rt>こうしょ</rt></ruby>に<ruby>立<rt>た</rt></ruby>つのは<ruby>危<rt>あぶ</rt></ruby>ないです。

危險的
站在高處很危險。

甘い
<ruby>甘<rt>あま</rt></ruby>い

<ruby>甘<rt>あま</rt></ruby>いケーキが<ruby>大好<rt>だいす</rt></ruby>きです。

甜的
我很喜歡甜甜的蛋糕。

いい

<ruby>今日<rt>きょう</rt></ruby>は<ruby>天気<rt>てんき</rt></ruby>がいいですか。

好的
今天天氣真好。

★ 忙しい
お父さんは仕事がいつも忙しいです。

忙碌的
父親的工作總是很忙碌。

痛い
お腹が痛いので、お医者さんを見に行く。

痛的、痛苦的
因為肚子痛，所以去看醫生。

嫌
ちょっと嫌な感じがする。

討厭的
我有不好的感覺。

薄い
パンを薄く切ってください。

薄的、淺的
請薄切麵包。

★ 美味しい
母親の手料理はすごく美味しいです。

美味的、好吃的
母親親手做的料理相當美味。

★ 多い
ここはいつも観光客が多い。

多的
這邊的觀光客總是很多。

★ 大きい
手の大きい男の人が好きです。

大的
我喜歡手大的男生。

遅い
もう遅いから、早く家に帰りなさい。

慢的、晚的
已經晚了，請早點回家。

重い
かばんは重いですね。何を入れましたか。

重的
包包很重呢，你放了什麼東西呢？

★ 面白い
この漫画は面白かったです。

有趣的、有意思的
這本漫畫很有趣。

Level 1 名詞

Level 1 動詞

Level 1 形容詞

あ

か行

從かきくけこ一路讀下去吧，N3就在眼前！
拾起每頁中的超重點星星單字，一個都別想跑！

🔘 *Track 069*

中文意思

★ 辛_{から}い
辛_{から}いのはちょっと苦手_{にがて}です。

辣的、鹹的
我不太能吃辣。

軽_{かる}い
軽_{かる}い布団_{ふとん}がほしい。

輕的
我想要輕的被子。

★ 可愛_{かわい}い
彼女_{かのじょ}は可愛_{かわい}い顔_{かお}をしている。

可愛的
她有張可愛的臉。

★ 簡単_{かんたん}
そんな簡単_{かんたん}な理由_{りゆう}でもわからないんですか。

簡單（的）、單純（的）
這麼簡單的理由你也不懂嗎？

黄色_{きいろ}い
黄色_{きいろ}いバラの花言葉_{はなことば}は「友情_{ゆうじょう}」です。

黃色的
黃玫瑰的花語是「友情」。

★ 汚_{きたな}い
トイレは汚_{きたな}いので、掃除_{そうじ}しましょう。

髒的
廁所髒了，來打掃吧！

★ 嫌_{きら}い
野菜_{やさい}と果物_{くだもの}は嫌_{きら}いだ。

討厭（的）、不喜歡（的）
我討厭蔬菜和水果。

★ 綺麗_{きれい}
この町_{まち}のいいところは綺麗_{きれい}な空気_{くうき}だ。

美麗（的）、乾淨（的）
這座城鎮的優點在於乾淨的空氣。

暗い
（くら）

まだ四時だけど、空が暗くなった。
（よ　じ）　　　　（そら）（くら）

黑暗的、無知的

雖然才四點，天空已暗了下來。

黒い
（くろ）

父は黒い帽子をかぶっている。
（ちち）（くろ）（ぼう　し）

黑色的

父親戴著黑色的帽子。

結構
（けっこう）

彼が結構な額のお金を出したことに 驚 いた。
（かれ）（けっこう）（がく）　　（かね）（だ）　　　　（おどろ）

足夠、相當好的

他拿出了一大筆錢，讓我感到驚訝。

★ 元気
（げん　き）

楽しくて、元気な雰囲気を作りたい。
（たの）　　　（げん　き）（ふん　い　き）（つく）

身體好（的）、健康（的）

我想要營造愉悦、有朝氣的氛圍。

Level
1
名詞

Level
1
動詞

Level
1
形容詞

か

さ行

從さしすせそ一路讀下去吧，N3就在眼前！

拾起每頁中的超重點星星單字，一個都別想跑！

🎵 *Track 071*

	中文意思

寂しい（さび）
彼氏がいなくて、寂しい。（かれ し、さび）

孤獨的、寂寞的
沒有男朋友，我感到孤獨。

★ **寒い**（さむ）
こんな寒い日には起きたくない。（さむ ひ お）

寒冷的
在這麼寒冷的日子裡我不想起床。

★ **静か**（しず）
こんな静かな夜に、私 は一人ぼっちだ。（しず よる、わたし ひとり）

安靜（的）
如此安靜的夜晚，我孤零零一個人。

★ **上手**（じょう ず）
人前で上手に話す方法を教えてください。（ひとまえ じょうず はな ほうほう おし）

好（的）、高明（的）
請教導我在大家面前熟練談話的方法。

白い（しろ）
白いシャツにコーヒーをこぼしてしまった。（しろ）

白色的
不小心把咖啡灑在白襯衫上了。

親切（しんせつ）
彼の親切なおもてなしに感謝している。（かれ しんせつ かんしゃ）

親切（的）
我感謝他親切的接待。

★ **好き**（す）
息子さんの好きな料理は何ですか。（むすこ す りょうり なん）

喜歡（的）、愛好（的）
您兒子喜歡的料理是什麼呢？

★ **少ない**
<ruby>少<rt>すく</rt></ruby>

<ruby>台湾<rt>たいわん</rt></ruby>ではフランス<ruby>語<rt>ご</rt></ruby>がしゃべれる<ruby>人<rt>ひと</rt></ruby>は<ruby>少<rt>すく</rt></ruby>ない。

涼しい
<ruby>涼<rt>すず</rt></ruby>

<ruby>涼<rt>すず</rt></ruby>しい<ruby>風<rt>かぜ</rt></ruby>が<ruby>吹<rt>ふ</rt></ruby>いている。

素敵
<ruby>素敵<rt>すてき</rt></ruby>

こんなに<ruby>素敵<rt>すてき</rt></ruby>な<ruby>奥<rt>おく</rt></ruby>さんがいて、<ruby>羨<rt>うらや</rt></ruby>ましいです。

★ **狭い**
<ruby>狭<rt>せま</rt></ruby>

<ruby>彼<rt>かれ</rt></ruby>の<ruby>部屋<rt>へや</rt></ruby>は<ruby>狭<rt>せま</rt></ruby>くて<ruby>散<rt>ち</rt></ruby>らかっている。

中文意思

少的
在臺灣會説法語的人很少。

涼的
正吹著涼爽的風。

很好（的）、很棒（的）
有這麼好的妻子，真令人羨慕。

狹窄的、小的（房間等）
他的房間狹窄又零亂。

Level **1**
名　詞

Level **1**
動　詞

Level **1**
形 容 詞

さ

た行

從たちつてと一路讀下去吧，N3就在眼前！

拾起每頁中的超重點星星單字，一個都別想跑！

 **Track 073**

中文意思

★ **大丈夫**（だいじょうぶ）
一人（ひとり）で本当（ほんとう）に大丈夫（だいじょうぶ）なのですか。

不要緊、沒關係的
你一個人真的沒關係嗎？

大好き（だいす）
私（わたし）の大好（だいす）きな果物（くだもの）はいちごです。

最喜歡的
我最喜歡的水果是草莓。

★ **大切**（たいせつ）
大切（たいせつ）な人（ひと）をちゃんと守（まも）らなければならない。

重要的
必須要好好守護重要的人。

★ **大変**（たいへん）
大変（たいへん）なお仕事（しごと）ですが、頑張（がんば）ります。

重大的、嚴重的
雖然是艱辛的工作，但我會好好加油。

高い（たか）
そのブランド品（ひん）のバッグは高（たか）いでしょ。

高的、貴的
那個名牌的包包很貴吧。

★ **楽しい**（たの）
昨日（きのう）のデートは楽（たの）しかったです。

愉快的、高興的
昨天的約會很愉快。

小さい（ちい）
前回（ぜんかい）会（あ）ったときはまだ小（ちい）さいけど、今（いま）は大人（おとな）になったね。

小的
上次見面的時候還很小，現在已經長大了呢。

★ **近い**（ちか）
顔（かお）が近（ちか）すぎる。少（すこ）し離（はな）れてください。

近的
臉靠太近了，請稍微離遠一些。

中文意思

つめ
冷たい
つめ て わたし かお さわ
冷たい手で 私 の顔を触るな。

涼的
不要用冰涼的手碰我的臉。

★ とお
遠い
きょり とお い
距離が遠いので、行きたくない。

遠的
因為距離遠，所以不想要去。

どんな
かれ し ひと
彼氏はどんな人ですか。

怎麼樣的、如何的
你男朋友是怎麼樣的人呢？

Level
1
名 詞

Level
1
動 詞

Level
1
形 容 詞
たな

な 行

從なにぬねの一路讀下去吧，N3就在眼前！
拾起每頁中的超重點星星單字，一個都別想跑！

中文意思

★ な
無い
な
あれ？スマホが無い！

無、沒有
咦？我的智慧型手機不見了！

★ にぎ
賑やか
まつ にぎ ふん い き だい す
お祭りの賑やかな雰囲気が大好きです。

熱鬧（的）
非常喜歡祭典的熱鬧氛圍。

ぬる
温い
ちゃ ぬる
お茶がだんだん温くなった。

溫的
茶漸漸變溫了。

は行

從はひふへほ一路讀下去吧，N3就在眼前！
拾起每頁中的超重點星星單字，一個都別想跑！

🔘 *Track 076*

中文意思

★ 早い
はや

二十歳で結婚はまだ早いと思う。
は たち　けっこん　　　　はや　　おも

快的、早的

我覺得二十歲結婚還是太早了。

★ 速い
はや

あの生徒は足が速い。
せい と　　あし　はや

快的、早的

那個學生跑得很快。

ハンサム

彼は世界で一番ハンサムな男だと思う。
かれ　せ かい　　いちばん　　　　　おとこ　　おも

英俊（的）

我覺得他是世界上最帥的男人。

低い
ひく

背の低い男はタイプじゃないです。
せ　ひく　おとこ

低的、矮的

我不喜歡身高矮的男生。

暇
ひま

公私ともに多忙すぎるから、暇な時間がほ
こう し　　　　た ぼう　　　　　　　ひま　じ かん

しい。

空閒（的）

我在公私上都過於忙碌，希望能有空閒時間。

★ 広い
ひろ

彼の家には広い庭がある。
かれ　いえ　　　ひろ　にわ

寬廣的、廣闊的

他家有寬廣的庭院。

古い
ふる

それは三十年前に建てられたすごく古い
さんじゅうねんまえ　　た　　　　　　　　　ふる

建物だ。
たてもの

舊的

那是三十年前建造的，相當老舊的建築物。

中文意思

★ 下手（へた）
彼女（かのじょ）は嘘（うそ）をつくのが下手（へた）です。

不行（的）、笨拙（的）
她不擅於説謊。

★ 便利（べんり）
便利（べんり）な発明（はつめい）だけど、環境（かんきょう）に悪（わる）いと思（おも）う。

方便（的）
雖然是個便利的發明，但我覺得會對環境不好。

Level
1
名詞

★ 欲（ほ）しい
誕生日（たんじょうび）に何（なに）が欲（ほ）しいですか。

想要（某事物）
你生日想要什麼呢？

Level
1
動詞

Level
1
形容詞

はま

ま行

從まみむめも一路讀下去吧，N3就在眼前！

拾起每頁中的超重點星星單字，一個都別想跑！

中文意思

★ まっすぐ
まっすぐに行（い）って、コンビニで右（みぎ）へ曲（ま）がってください。

筆直、直接的
請直走，並在便利商店右轉。

★ 難（むずか）しい
今回（こんかい）の試験（しけん）はとても難（むずか）しかったです。

難的
這次的考試相當困難。

や 行

從やゆよ一路讀下去吧，N3就在眼前！
拾起每頁中的超重點星星單字，一個都別想跑！

🎵 *Track 079*

中文意思

易_{やさ}しい
この文章_{ぶんしょう}を易_{やさ}しく説明_{せつめい}してくれますか。

簡單的
能簡單為我說明這篇文章嗎？

★ 安_{やす}い
こんなに安_{やす}いなんてありえない。

便宜的
怎麼可能這麼便宜。

★ 有名_{ゆうめい}
将来有名_{しょうらいゆうめい}な歌手_{かしゅ}になりたい。

有名（的）
我的志願是將來成為有名的歌手。

よい
よいお年_{とし}を。

好的
祝你有個好年。

ら行

從らりるれろ一路讀下去吧，N3就在眼前！
拾起每頁中的超重點星星單字，一個都別想跑！

Track 080

★ **立派**
りっぱ

その**立派**な服装をしている女性はだれですか。
りっぱ　ふくそう　　　　　　　じょせい

中文意思

堂皇的、豪華的、卓越的

那位穿著豪華服裝的女性是誰呢？

Level **1**
名 詞

Level **1**
動 詞

Level **1**
形 容 詞

らわ

わ行

從わ一路讀下去吧，N3就在眼前！
拾起每頁中的超重點星星單字，一個都別想跑！

Track 081

★ **悪い**
わる

彼に運が**悪い**と言われた。
かれ　うん　わる　　　い

中文意思

壞的、不好的
他説我運氣不好。

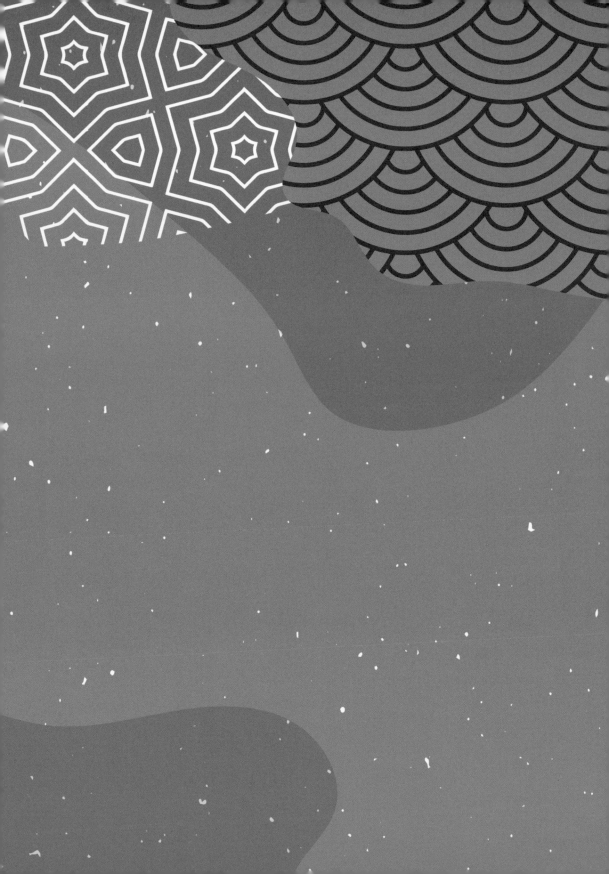

Level 2

穩扎穩打不漏接，
強攻N3最上策

- 名詞 めいし
- 動詞 どうし
- 形容詞 けいようし

あ行

從あいうえお一路讀下去吧，N3就在眼前！
拾起每頁中的超重點星星單字，一個都別想跑！

🔊 *Track 082*

中文意思

★ **挨拶[する]**
<ruby>挨拶<rt>あいさつ</rt></ruby>

<ruby>人<rt>ひと</rt></ruby>に<ruby>会<rt>あ</rt></ruby>った<ruby>時<rt>とき</rt></ruby>、<ruby>彼女<rt>かのじょ</rt></ruby>はいつも<ruby>笑顔<rt>えがお</rt></ruby>で<ruby>挨拶<rt>あいさつ</rt></ruby>する。

打招呼、問候
她遇到人時，總是微笑著打招呼。

★ **間**
<ruby>間<rt>あいだ</rt></ruby>

この<ruby>間<rt>あいだ</rt></ruby>、<ruby>何<rt>なに</rt></ruby>をしていましたか。

間隔、距離、期間、中間
你最近做了什麼呢？

赤ちゃん
<ruby>赤<rt>あか</rt></ruby>ちゃん

かわいい<ruby>赤<rt>あか</rt></ruby>ちゃんを<ruby>産<rt>う</rt></ruby>みたいです。

嬰兒
想要生個可愛的寶寶。

赤ん坊
<ruby>赤<rt>あか</rt></ruby>ん<ruby>坊<rt>ぼう</rt></ruby>

<ruby>隣<rt>となり</rt></ruby>の<ruby>赤<rt>あか</rt></ruby>ん<ruby>坊<rt>ぼう</rt></ruby>は<ruby>毎晩<rt>まいばん</rt></ruby>のように<ruby>泣<rt>な</rt></ruby>いている。

嬰兒
隔壁的嬰兒每天晚上總是在哭。

朝晩
<ruby>朝晩<rt>あさばん</rt></ruby>

<ruby>天気予報<rt>てんきよほう</rt></ruby>によると、この<ruby>一週間<rt>いちしゅうかん</rt></ruby>は<ruby>朝晩<rt>あさばん</rt></ruby>が<ruby>特<rt>とく</rt></ruby>に<ruby>冷<rt>ひ</rt></ruby>えるらしいです。

早晚
根據天氣預報，這一週的早晚似乎會特別冷。

朝日
<ruby>朝日<rt>あさひ</rt></ruby>

<ruby>朝日<rt>あさひ</rt></ruby>が<ruby>眩<rt>まぶ</rt></ruby>しくて<ruby>目<rt>め</rt></ruby>が<ruby>覚<rt>さ</rt></ruby>めた。

朝陽、旭日
早晨耀眼的陽光喚醒了我。

★ **アジア**

<ruby>日本<rt>にほん</rt></ruby>はアジアに<ruby>含<rt>ふく</rt></ruby>まれている。

亞洲
日本涵蓋在亞洲內。

★ 明日
あす
明日学校は休みます。
あ す がっこう やす

明天
明天學校休息。

姉
あね
姉の仕事は看護士です。
あね しごと かんごし

姐姐
姐姐的工作是護理師。

アパート
この辺でアパートを探しています。
へん さが

公寓
我正在找這附近的公寓。

★ アルバイト
アルバイトの経験はありますか。
けいけん

打工
你有打工的經驗嗎？

暗証番号
あんしょうばんごう
暗証番号を忘れたらまずいです。
あんしょうばんごう わす

密碼
忘記密碼的話就糟了。

★ 安心[する]
あんしん
早く大人になった、両親に安心させたい。
はや おとな りょうしん あんしん

安心、放心
想要早點成為大人，讓雙親安心。

★ 案内[する]
あんない
会議室に案内してくれませんか。
かいぎしつ あんない

引導、導覽
可以帶我去會議室嗎？

以下
いか
二十歳以下の飲酒は禁止されています。
はたち いか いんしゅ きんし

以下
二十歲以下的人禁止飲酒。

★ 以外
いがい
彼は漫画以外何も読まない。
かれ まんが いがいなに よ

以外、除此之外
他除了漫畫外什麼都不讀。

医学
いがく
医学はいろんな分野に分かれる。
いがく ぶんや わ

醫學
醫學劃分為各類領域。

Level
2
名　詞
あ

Level
2
動　詞

Level
2
形容詞

★ 意見
いけん

みんなの意見をまとめて、結論が出した。

意見

統整大家的意見，並得出結論。

以後
いご

以後気をつけます。
いごき

以後、之後

以後我會注意。

異彩
いさい

彼女は芸術界で異彩を放っている。
かのじょ げいじゅつかい いさい はな

大放異彩

她在藝術界大放異彩。

★ 石
いし

その子供は石を投げています。
こども いし な

石頭

那個小孩正在投擲石頭。

★ 医者
いしゃ

そのお医者さんの技術は実にいいです。
いしゃ ぎじゅつ じつ

醫生

那位醫生的技術真的很好。

★ 以上
いじょう

この人以上にいい相手がないと思う。
ひといじょう あいて おも

以上、再、更、既然

我覺得沒有比這個人更好的對象了。

以前
いぜん

夜十時以前に帰ってください。
よるじゅうじ いぜん かえ

以前

請在晚上十點以前回來。

★ 一度
いちど

もう一度行ってください。
いちどい

一次

請再去一次。

糸
いと

お年寄りにとって、針に糸を通すのは難しいです。
としよ はり いと とお むずか

線

對年長的人來說，要將線穿過針是困難的。

以內
にひゃくえんいない
二百円以内のお菓子を買ってください。

以內、之內
請去買兩百元以內的點心。

田舎
いなかそだ　　わかもの　　　　　　　　じょうきょう
田舎育ちの若者はみんな上京ししたがっ
ている。

鄉村、鄉下
在鄉下成長的年輕人總是想到東京去。

Level
2
名　詞

あ

祈り
かみさま　いの　ささ
神様に祈りを捧げる。

祈禱
向神明獻上禱告。

★ 意味[する]
し　　いみ
この詩の意味がわかりますか。

意思
你明白這首詩的意思嗎？

Level
2
動　詞

★ 入口
いりぐち
このビルの入口はどこですか。

入口
這棟大樓的入口在哪邊呢？

Level
2
形 容 詞

★ 色
くら　いろ　　　　あか　　　　　　　す
暗い色より、明るいほうが好きです。

顏色
比起暗的顏色，我更喜歡明亮的顏色。

牛
ぼくじょう　　　　　うし　ごじっとう
その牧場には牛が五十頭います。

牛
那座牧場有五十頭牛。

嘘つき
かれ　うそ　　　　　　　しん
彼は嘘つきなので、信じないほうがいい。

說謊
他是個騙子，別相信他比較好。

★ 歌
ちい　　　　　　　　　かしゅ　うた　だいす
小さいときから、その歌手の歌が大好きです。

歌曲
從小時候開始，就很喜歡那個歌手的歌。

腕 (うで)
彼女は友達と腕を組んで歩いている。

胳臂
她和朋友挽著胳臂走路。

馬 (うま)
馬に乗ったことがありますか。

馬
你有騎過馬嗎？

★ 海 (うみ)
悩みがあるとき、いつも海で叫びたい。

海
當我有煩惱的時候，總是想到海邊吶喊。

★ 裏 (うら)
どんな物事にも表と裏がある。

背面、反面
凡事皆為一體兩面。

★ 売り場 (うりば)
母は食品売り場で働いています。

賣場、售貨處
我母親在食品賣場工作。

上着 (うわぎ)
彼は上着を脱いで走り出した。

上衣、外衣
他脫掉外套跑了起來。

★ 運転[する] (うんてん)
私は自動車の運転を習っている。

駕駛
我正在學習汽車駕駛。

★ 運動[する] (うんどう)
毎日運動するようにしてください。

運動
請培養每天運動的習慣。

エアコン
私の部屋にはエアコンがない。

冷暖氣機、空調機
我的房間沒有冷氣。

枝 (えだ)
叔父さんが枯れ枝を刈った。

樹枝
我叔叔修剪了枯萎的樹枝。

★ 遠慮[する]
えんりょ

遠慮しないで、ゆっくり食べてください。

客氣

請不要客氣，慢慢吃。

応接間
おうせつま

あの会社の社長さんが応接間で待っている。

會客室、招待室

那間公司的老闆正在會客室等待。

オートバイ

オートバイが乗れますか。

摩托車

你會騎摩托車嗎？

オーバー

定員オーバーです。
ていいん

超過、過度

超過了規定的人數。

お母さん
かあ

お母さんの仕事は何ですか。
かあ　　しごと　なん

媽媽

您媽媽的工作是什麼呢？

★ お菓子
かし

子供たちはお菓子が大好きです。
こども　　　　かし　　だいす

點心、糕點

孩子們非常喜歡吃點心。

★ [お]客様
きゃくさま

お客様、少々お待ちください。
きゃくさま　しょうしょう　　ま

客戶、客人

客人，請您稍等一下。

★ 億
おく

あの社長の年収は二億五千万ぐらいです。
しゃちょう　ねんしゅう　におくごせんまん

億

那位老闆的年收大約兩億五千萬左右。

奥
おく

一番奥の部屋は誰の部屋ですか。
いちばんおく　へや　だれ　へや

裡面、內部

最裡面的房間是誰的房間呢？

屋上
おくじょう

このデパートの屋上にはミニ公園がある。
おくじょう　　　　こうえん

屋頂

這間百貨公司的屋頂有迷你公園。

中文意思

[お]子さん
お子さんは今年おいくつですか。

小孩
您小孩今年幾歲呢？

[お]皿
母はお皿を洗っている。

盤子
媽媽正在洗盤子。

★ 押し入れ
布団を押し入れにしまってください。

日式房屋的壁櫥、壁櫃
請將被子收進壁櫥。

お嬢さん
兄の彼女はいい所のお嬢さんです。

小姐、千金
哥哥的女朋友是好人家的小姐。

お宅
お母さんはお宅にいらっしゃいますか。

府上、貴府（客氣用語）
您母親有在府上嗎？

★ 音
さっき変な音がしたけど、どうしましたか。

聲音
剛才有奇怪的聲音，發生什麼事了？

★ 踊り
あの歌手は踊りがすごくうまい。

跳舞、舞蹈
那位歌手非常擅長跳舞。

★ お腹
お腹が痛いです。

腹部、肚子
肚子痛。

★ お話
その小説はどんなお話ですか。

講話、演講、故事
那本小説在講怎樣的故事？

中文意思

★ [お]土産（みやげ）
つまらないものですが、これは東京（とうきょう）で買（か）ったお土産（みやげ）です。

土產、名產
這是在東京買的土產，小小薄禮請笑納。

思（おも）い
彼（かれ）はいつも私（わたし）の思（おも）い通（どお）りに動（うご）く。

想、思考、想像
他總是照我想像的那樣行動。

おもちゃ
これは彼（かれ）の子供（こども）のおもちゃです。

玩具
這是他的小孩的玩具。

★ [お]礼（れい）
彼女（かのじょ）は校長先生（こうちょうせんせい）にお礼（れい）を言（い）いました。

謝意、道謝
她向校長道謝。

★ 終（お）わり
世界（せかい）の終（お）わりはいつやってくるのか。

結束
世界末日何時會到來？

音楽会（おんがくかい）
来週（らいしゅう）の週末（しゅうまつ）に音楽会（おんがくかい）が開催（かいさい）される。

音樂會
下週末要舉辦音樂會。

★ 温室（おんしつ）
温室（おんしつ）に花（はな）がいっぱい咲（さ）いている。

溫室
在溫室中很多花盛開。

Level 2 名詞 あ

Level 2 動詞

Level 2 形容詞

か行

從かきくけこ一路讀下去吧，N3就在眼前！

拾起每頁中的超重點星星單字，一個都別想跑！

🎵 *Track 090*

中文意思

海岸
その海岸にあるホテルはすごく有名です。

海岸
那間位於海岸的飯店相當有名。

★ **会場**
ここは大学博覧会の会場です。

會場
這邊是大學博覽會的會場。

★ **科学**
彼女の専門は社会科学です。

科學
她的專長是社會科學。

★ **鏡**
そこには鏡のようにきれいな湖面がある。

鏡子
那邊是如同鏡面般潔淨的湖面。

確認[する]
この情報の正しさを確認してください。

確認
請確認這項資訊的正確性。

ガソリン
ガソリン不足は重視されるべきである。

汽油
汽油短缺是大家都應該重視的問題。

ガソリンスタンド
彼はガソリンスタンドにいます。

加油站
他在加油站。

★ **形**
娘のプリンの形は崩れていく。

形狀
女兒的布丁變形了。

中文意思

★ 課長
かちょう
父はあの会社の課長です。
ちち　　　　　かいしゃ　　かちょう

課長、科長
我的父親是那間公司的課長。

★ 家庭
かてい
家庭の不和は子供に悪い影響を与える。
かてい　ふわ　こども　わる　えいきょう　あた

家庭
家庭不合會帶給孩子不好的影響。

花瓶
かびん
花も花瓶もきれいですね。
はな　かびん

花瓶
花和花瓶都很漂亮呢。

★ 紙
かみ
彼女は電話番号を紙に書いた。
かのじょ　でんわばんごう　かみ　か

紙
她在紙上寫下了電話號碼。

★ カメラ
カメラにフィルムを入れてください。
い

照相機
請將底片放入相機中。

ガラス
そこにあるガラスの破片に気をつけてください。
は　へん　き

玻璃
那邊有玻璃碎片，請小心。

カレンダー
今年のカレンダーを買いましたか。
ことし　か

月曆
你買今年的月曆了嗎？

川
かわ
その川の水が減りました。
かわ　みず　へ

河川
那條河川的水減少了。

★ 代わり
か
兄は父の代わりに私の面倒を見た。
あに　ちち　か　わたし　めんどう　み

替代
哥哥代替父親照顧我。

Level
2
名詞
か

Level
2
動詞

Level
2
形容詞

中文意思

★ 考え方
かんが かた

彼の考え方はちょっとおかしいです。
かれ かんが かた

想法
他的想法有點奇怪。

カンガルー

オーストラリアへカンガルーを見に行きた
み い

い。

袋鼠
想去澳洲看袋鼠。

★ 関係[する]
かんけい

家族との関係はどうですか。
か ぞく かんけい

關係
你和家族的關係如何
呢？

看護婦
かん ご ふ

おばあさんは昔看護婦だった。
むかしかん ご ふ

護士
奶奶以前是護士。

乾杯[する]
かんぱい

彼の成功に乾杯しよう。
かれ せいこう かんぱい

乾杯
為了他的成功乾杯吧！

★ 漢字
かん じ

多くの日本人は漢字が苦手です。
おお に ほんじん かん じ にがて

漢字
很多日本人不擅長漢
字。

黄色
き いろ

背景は黄色で塗りつぶす。
はいけい き いろ ぬ

黃色
用黃色塗滿背景。

★ 気温
き おん

今朝の気温は非常に低かったです。
け さ き おん ひ じょう ひく

氣溫
今天早上的氣溫非常
低。

★ 機会
き かい

機会があれば、台湾へ遊びに行きたいです。
き かい たいわん あそ い

機會
有機會的話，想要去臺
灣玩。

中文意思

機械
この機械の扱い方を教えてください。

機械、機器
請指導我這個機器的操作方式。

★ 危険
沿岸地域は津波の危険があります。

危險
沿海地帶有發生海嘯的危險。

汽車
汽車に乗って、仙台に行った。

火車
搭乘火車去仙台。

技術
その提案は技術的に不可能です。

技術
這個提案在技術上不可能執行。

★ 季節
暑い季節になると海へ行きたくなる。

季節
到了炎熱的季節就想要去海邊。

規則
私が通った高校は規則の厳しい学校です。

規定、規則
我就讀的高中是一所有嚴格規定的學校。

★ 北
北を向いてください。

北方
請面向北方。

絹
その絹の手袋はいくらですか。

絲、綢緞
那個絲綢手套多少錢呢？

★ 気分
今はそういう気分じゃない。

心情、情緒、身體狀況
現在沒有心情做那樣的事。

Level
2
名　詞

か

Level
2
動　詞

Level
2
形容詞

中文意思

きみ
君
べんきょう きみ せきにん
勉強は君たちの責任だ。

（男人對平輩或晚輩的稱呼）你
學習是你們的責任。

き もの
★ **着物**
かのじょ きもの き
彼女は着物を着ている。

衣服、和服
她穿著和服。

★ **キャッシュカード**
かれ かね
彼はキャッシュカードでお金をおろした。

提款卡
他用提款卡領錢。

きゅうきゅう
救急
はや きゅうきゅうしゃ よ
早く救急車を呼んでください。

急救
請快點叫救護車。

きゅうこう
急行[する]
はは おとうと がっこう きゅうこう
母は弟の学校に急行した。

急往、快速、
急行列車
母親急往弟弟的學校。

ぎゅうにゅう
★ **牛乳**
ぎゅうにゅう まいにちいっぽん の
牛乳を毎日一本飲むようにしていろ。

牛奶
每天習慣喝一瓶牛奶。

きょうかい
教会
かのじょ まいしゅうしゅうまつ きょうかい い
彼女は毎週週末に教会に行く。

教會
她每週末都會去教會。

きょうしつ
★ **教室**
きょうしつ ま
みんなは教室で待っていてね。

教室
大家請在教室等待唷。

きょうふう
強風
おくがい きょうふう ふ
屋外すごい強風が吹いている。

強風
屋外正在吹著非常強的風。

きょう み
★ **興味**
かれ わ だい きょう み
彼はその話題に興味がない。

興趣
他對那個話題沒有興趣。

中文意思

去年
きょねん

去年のクリスマスに何をもらいましたか。

去年
你去年聖誕節收到什麼呢？

★ **禁煙[する]**
きんえん

ここは禁煙ですよ。

禁煙
這邊禁菸唷。

★ **金額**
きんがく

合計金額はいくらになりますか。
ごうけいきんがく

金額
總金額是多少呢？

★ **銀行**
ぎんこう

ちょっと銀行に寄ってくる。
ぎんこう　よ

銀行
順道去一下銀行。

近所
きんじょ

近所の夫婦は昨夜喧嘩した。
きんじょ　ふうふ　ゆうべけんか

附近、鄰近
附近的夫妻昨晚在吵架。

具合
ぐあい

体の具合はどうですか。
からだ　ぐあい

身體狀況、事物的情況、狀態
你身體狀況如何呢？

空気
くうき

空気のいい町に住みたい。
くうき　まち　す

空氣
想要住在空氣好的城鎮。

★ **空港**
くうこう

午後三時ごろに空港に到着した。
ごごさんじ　くうこう　とうちゃく

機場
大概下午三點到達機場。

首
くび

首の細い女の子が好き。
くび　ほそ　おんな　こ　す

脖子、頸子
我喜歡脖子細的女孩子。

グラム

さっき釣った魚は何グラムですか。
つ　さかな　なん

公克
剛剛釣到的魚是幾公克呢？

Level 2 名詞 か

Level 2 動詞

Level 2 形容詞

中文意思 header label on right column

	中文意思

★ **グループ**
そのグループのリーダーは誰ですか。

團體
那個團體的領導是誰呢？

毛
彼は髪の毛を洗っている。

毛
他正在洗頭髮。

★ **計画**
充実した旅行にするためには計画を立てることが重要です。

計劃
想有趟充實的旅行，就勢必要訂好計畫。

★ **経験[する]**
アルバイトの経験がない。

經驗
我沒有打工的經驗。

経済
今会社は経済危機で大変だけど、みんなで頑張ればなんとかなる。

經濟
公司目前因為經濟危機很艱辛，但大家一起加油總是能渡過的。

警察
外で警察を見かけたけど、何かあったのか。

警察
我在外頭看見了警察，是發生什麼事了嗎？

★ **ケーキ**
このケーキは美味しい上に低カロリーです。

蛋糕
這個蛋糕不但好吃熱量又低。

★ **怪我[する]**
怪我しないように気をつけてください。

受傷
請注意不要受傷了。

★ **景色**
北海道の景色は本当にきれいです。

風景、景色
北海道的風景真的很美。

中文意思

下宿
げしゅく

私たちは週に一回私の下宿に集まることにした。
わたし　　　　しゅう　いっかいわたし　げしゅく　　あつ

供食宿的公寓

我們決定每週在我的租屋處聚會一次。

決定[する]
けってい

決定的な証拠を見つけた。
けっていてき　しょうこ　　み

決定

找到了決定性的證據。

★ 原因
げんいん

彼らが離婚した原因は何ですか。
かれ　　りこん　　げんいん　なん

原因

他們離婚的原因是什麼呢？

Level
2
名　詞

か

★ 喧嘩[する]
けんか

そのカップルは喧嘩している。
けんか

吵架

那對情侶正在吵架。

Level
2
動　詞

見学[する]
けんがく

明日実地見学に行くつもりです。
あしたじっちけんがく　い

參觀、見習

明天預計要去實地參觀。

Level
2
形容詞

研究[する]
けんきゅう

私は環境科学を研究している。
わたし　かんきょうかがく　けんきゅう

研究

我正在研究環境科學。

研究会
けんきゅうかい

今週の土曜日に環境保護の研究会に参加するつもりです。
こんしゅう　どようび　かんきょうほご　けんきゅうかい　さんか

研討會

我預計這週六會參加環境保護的研討會。

研究者
けんきゅうしゃ

彼は生命科学の研究者になりたがっている。
かれ　せいめいかがく　けんきゅうしゃ

研究人員

他想要成為生命科學的研究人員。

現金
げんきん

現金で払ってください。
げんきん　はら

現金

請用現金付款。

中文意思

★ 健康（けんこう）
健康（けんこう）のために、たばこをやめたほうがいい。

健康
為了健康，戒菸會比較好。

★ 見物（けんぶつ）[する]
夏休（なつやす）みに大阪見物（おおさかけんぶつ）に行（い）きたい。

遊覽、參觀
暑假時想要去大阪遊覽。

講義（こうぎ）[する]
その先生（せんせい）の講義（こうぎ）はいつも人気（にんき）がある。

講課、講解、講義
那位老師的課程總是相當受歡迎。

★ 高校（こうこう）
高校時期（こうこうじき）の思（おも）い出（で）は今（いま）でも覚（おぼ）えている。

高中
高中的回憶直至今日都還記得。

高校生（こうこうせい）
その女子高校生（じょしこうこうせい）はすごくかわいいです。

高中生
那位女高中生相當可愛。

★ 工場（こうじょう）
叔父（おじ）は工場（こうじょう）で働（はたら）いている。

工廠
叔叔在工廠工作。

校長（こうちょう）
父（ちち）はその学校（がっこう）の校長（こうちょう）である。

校長
我父親是那所學校的校長。

★ 交通（こうつう）[する]
駅（えき）への交通（こうつう）はとても便利（べんり）です。

交通
到車站的交通相當便利。

講堂（こうどう）
学校（がっこう）の講堂（こうどう）に集合（しゅうごう）してください。

禮堂
請在學校禮堂集合。

高等学校（こうとうがっこう）
高等学校（こうとうがっこう）を卒業（そつぎょう）して、仕事（しごと）を探（さが）している。

高中
高中畢業，正在找工作。

中文意思

★ **交番**（こうばん）
拾ったお金を交番に届けてください。

派出所
請將撿到的錢送到派出所。

★ **声**（こえ）
優しい声で怖い話をした。

聲音
用溫柔的聲音講恐怖故事。

コース
上級者コースに挑戦してみたい。

道路、路線、課程
我想挑戰看看高手路線。

★ **国際**（こくさい）
あの歌手は国際的なスターです。

國際
那位歌手是國際明星。

★ **黒板**（こくばん）
転校生は黒板に自分の名前を書いた。

黑板
轉學生將自己的名字寫在黑板上。

★ **午後**（ごご）
午後二時に終了しました。

下午
下午兩點結束了。

心（こころ）
心の中は混乱している。

心
我的心感到很混亂。

故障 [する]（こしょう）
彼の車は故障しました。

故障
他的車故障了。

★ **答え**（こたえ）
彼女の答えに不満がある。

回答、答案
我對她的答案感到不滿。

言葉（ことば）
適切な言葉を選んでください。

語言、單字
請選用適切的言辭。

Level **2** 名詞 **か**

Level **2** 動詞

Level **2** 形容詞

小鳥
こ とり
小鳥を飼ったことがある。
こ とり か

小鳥
我有養過小鳥。

★ **この 間**
あいだ
この 間、迷惑をかけてすみませんでした。
あいだ めいわく

日前、前些天
很抱歉前些天造成您的困擾。

★ **ごみ**
道にごみを捨てないでください。
みち す

垃圾
請不要將垃圾丟在路上。

★ **ゴルフ**
父の趣味はゴルフです。
ちち しゅみ

高爾夫
父親的興趣是打高爾夫球。

★ **コンサート**
あのバンドのコンサートに行きたいです。
い

演奏會
想要去看那個樂團的演奏會。

★ **今度**
こん ど
今度一緒に行きましょうよ。
こん ど いっしょ い

這回、這次、下一次
下次一起去吧。

さ 行

從さしすせそ一路讀下去吧，N3就在眼前！
拾起每頁中的超重點星星單字，一個都別想跑！

🔘 *Track 101*

サービス
そのホテルのサービスは本当にいいです。

服務
那間飯店的服務真的很好。

★ **最近**
さいきん
最近はどうですか。

最近
最近如何呢？

最後
さいご
最後まで頑張ってください。

最後
請努力直到最後。

★ **サイズ**
服のサイズが合わないんです。

尺寸
衣服的尺寸不合。

作業 [する]
さぎょう
作業中工場に入ってはいけない。

工作、操作
工廠施作中時請勿進入。

★ **サッカー**
あのサッカー選手はすごくかっこいいです。

（英式）足球
那個足球選手好帥。

砂糖
さとう
紅茶に砂糖を入れてください。

砂糖
請將砂糖加入紅茶中。

★ **サラリーマン**
そのサラリーマンは私の友達です。

薪水階級、上班族
那位上班族是我的朋友。

	中文意思
残業 [する] （ざんぎょう） 今日は残業 するから、そっちに行けない。	加班 因為今天要加班，所以沒辦法去那邊。
サンダル あのサンダルを履いている子供は誰ですか。	涼鞋 那位穿著涼鞋的孩子是誰呢？
★ **サンドイッチ** 私たちは公園でサンドイッチを食べている。	三明治 我們正在公園吃三明治。
★ **試合[する]** （しあい） 野球 試合に出ている彼氏を応援する。	比賽 我幫出賽棒球比賽的男朋友加油。
仕方 （しかた） 他に仕方がない。	方法、辦法 別無他法。
★ **事故** （じこ） その交差点で交通事故が起きた。	事故、意外 那個十字路口發生了交通事故。
時刻 表 （じこくひょう） 駅の時刻 表を見ている。	時刻表 我正在看車站的時刻表。
★ **仕事** （しごと） 仕事が忙しくて彼女作る暇がない。	工作 工作忙得沒時間交女朋友。
辞書 （じしょ） わからないなら、辞書で調べてください。	字典 如果不懂的話，請查字典。

日文	中文意思
時代（じだい） 昔に比べて、時代が変わった。	時代 和以前相比，時代已經變了。
下着[する]（したぎ） 下着を買いに行った。	內衣、襯衣 我去買內衣。
支度（したく） 彼女はデートの支度をしている。	準備 她正準備去約會。
★ **失敗[する]**（しっぱい） 失敗したらどうしよう。	失敗 如果失敗的話怎麼辦？
★ **自動車**（じどうしゃ） 自動車で海へ行きました。	汽車 坐車去了海邊。
★ **品物**（しなもの） この品物は何に使うものですか。	物品 這件物品是用來做什麼的？
★ **自分**（じぶん） 自分のことは自分で決めてください。	自己 自己的事情請自己解決。
島（しま） そのお金持ちは島を買った。	島 那位有錢人買下了小島。
★ **社長**（しゃちょう） この書類を社長に渡してください。	社長、老闆 請將這份文件交給社長。
シャツ クリスマスに彼氏にシャツを買ってあげた。	襯衫 我在聖誕節時買了襯衫，送給男朋友。

Level **2** 名詞 さ

Level **2** 動詞

Level **2** 形容詞

	中文意思
★ 邪魔[する] じゃま あなたの邪魔はしたくない。	妨礙、障礙、打擾 我不想打擾你。
★ 自由 じゆう 政府に自由を奪われた。 せいふ じゆう うば	自由 被政府奪去了自由。
集合[する] しゅうごう みんな 教室に 集合しました。 きょうしつ しゅうごう	集合 大家在教室集合了。
★ 住所 じゅうしょ 彼の 住所を教えてもらえませんか。 かれ じゅうしょ おし	住址 可以請您告知我他的住址嗎？
★ 集中[する] しゅうちゅう 先生の演説に 集中してください。 せんせい えんぜつ しゅうちゅう	集中 請專心於老師的演講。
修理[する] しゅうり この時計はもう 修理できない。 とけい しゅうり	修理 這個時鐘已經無法修理了。
★ 授業[する] じゅぎょう 昨日授業に来なかった人は立ってください。 きのうじゅぎょう こ ひと た	授課、課堂 昨天沒來上課的人請站起來。
首相 しゅしょう 日本の首相は誰ですか。 にほん しゅしょう だれ	首相 日本的首相是誰呢？
主人 しゅじん お宅のご主人はいらっしゃいますか。 たく しゅじん	主人、男主人 請問貴府的男主人在嗎？

中文意思

★ 出席[する]
しゅっせき

今から出席をとります。
いま　　　　しゅっせき

出席
現在開始點名。

★ 出張[する]
しゅっちょう

明日は大阪へ出張します。
あした　おおさか　しゅっちょう

出差
明天要去大阪出差。

出発[する]
しゅっぱつ

今週の月曜日に出発する予定です。
こんしゅう　げつようび　しゅっぱつ　よてい

出發
預計這週一出發。

★ 趣味
しゅみ

お母さんの趣味は何ですか。
かあ　　　しゅみ　なん

興趣
您母親的興趣是什麼呢？

準備[する]
じゅんび

私は旅行の準備をしている。
わたし　りょこう　じゅんび

準備
我正在為旅行做準備。

★ 紹介[する]
しょうかい

自己紹介をしてください。
じこしょうかい

介紹
請進行自我介紹。

小学校
しょうがっこう

彼女は今年小学校に入る子供がいる。
かのじょ　ことししょうがっこう　はい　こども

小學
她有個今年要讀小學的孩子。

小説家
しょうせつか

その小説家を尊敬している。
しょうせつか　そんけい

小說家
我很敬仰那位小說家。

招待[する]
しょうたい

彼の招待を受けて、パーティに参加した。
かれ　しょうたい　う　　　　　　　さんか

邀請、招待、請客
我接受他的邀請參加了派對。

★ ジョギング

毎日ジョギングをすることは体にいいです。
まいにち　　　　　　　　　　　からだ

慢跑
每天慢跑對身體好。

	中文意思
食堂 しょくどう 彼は学生食堂を経営している。 かれ がくせいしょくどう けいえい	餐廳 他經營學生餐廳。
★ **食料品** しょくりょうひん 食料品売り場で夕食の材料を買った。 しょくりょうひん う ば ゆうしょく ざいりょう か	食品、乾貨 在食品賣場買了晚餐的材料。
★ **女性** じょせい その美しい女性は誰ですか。 うつく じょせい だれ	女性 那位美麗的女性是誰呢？
★ **資料** し りょう その生徒は研究の資料を集めている。 せいと けんきゅう しりょう あつ	資料 那位學生正在匯集研究資料。
★ **信号** しんごう 信号が赤になったら、止まってください。 しんごう あか と	紅綠燈 紅綠燈變紅燈時，請停下來。
人口 じんこう 人口がだんだん減っている。 じんこう へ	人口 人口正逐漸減少。
★ **神社** じんじゃ 彼女は神社に参拝した。 かのじょ じんじゃ さんぱい	神社 她去神社參拜了。
新宿 しんじゅく 新宿で乗り換えます。 しんじゅく の か	新宿 在新宿換車。
★ **心配[する]** しんぱい 彼氏の安全を心配している。 かれし あんぜん しんぱい	擔心 我擔心男朋友的安全。

中文意思

スーツケース
スーツケースを駅のコインロッカーに預ける。

行李箱
把行李箱寄放在車站的投幣置物櫃。

★ **スープ**
母の作ったスープが大好きです。

湯
我非常喜歡媽媽煮的湯。

ストーブ
こういう寒い天気にストーブがあったらいいですね。

火爐
在這樣寒冷的天氣有個火爐的話就好了。

スピーチ
首相はすばらしいスピーチをしました。

演講
首相發表了出色的演講。

★ **隅**
その隅に立っている人は誰ですか。

角落
那位站在角落的人是誰？

★ **相撲**
相撲は日本の国技です。

相撲
相撲是日本的國民運動。

スリッパ
娘にうさぎスリッパを買ってあげた。

拖鞋
我買了兔子樣式的拖鞋給女兒。

★ **生活[する]**
彼は生活の質を重視している。

生活
他很重視生活品質。

政治
今の若者は政治に全く無関心です。

政治
現在的年輕人對政治全然不關心。

中文意思

★ 生徒
その先生は生徒たちに人気がある。

學生
那位老師在學生們中很受歡迎。

製品
日本製品の品質を信頼している。

產品、製品
我很信賴日本製品的品質。

セール
明日あの店でセールが行われる。

特賣、大特價
那間店明天大特價。

席
ここは禁煙席です。

座位
這邊是禁菸區座位。

★ 説明[する]
校長先生は校則を説明している。

說明
校長正在說明校規。

★ 世話[する]
いつもお世話になっております。

照顧
總是承蒙您的照顧。

洗濯[する]
彼女は毎朝服を洗濯する習慣がある。

洗衣服
她有每天早上洗衣服的習慣。

★ 先輩
先輩の指示に従ってください。

前輩、學長、學姐
請按照前輩的指示。

★ 全部
そのときのことは全部覚えている。

全部
那時候的事情我全部都還記得。

専門
彼の専門は生命科学です。

專業、專長
他的專業是生命科學。

中文意思

相談[する]
そうだん

悩みがあったら、いつでも相談してくださ
なや　　　　　　　　　　　　　　　そうだん
い。

商量

如果有煩惱的話，請隨
時來跟我商量。

★ 卒業式
そつぎょうしき

みんな卒業式で泣いた。
　　　そつぎょうしき　な

畢業典禮

大家在畢業典禮上都哭
了。

Level
2
名　詞

さ

祖父
そ　ふ

祖父は医者です。
そ　ふ　いしゃ

爺爺、外公

我的爺爺是醫生。

Level
2
動　詞

★ ソフト

そのゲームソフトは若者に人気がある。
　　　　　　　　　わかもの　にんき

軟體

那款遊戲軟體在年輕人
間很受歡迎。

Level
2
形容詞

祖母
そ　ぼ

祖母の手料理が恋しい。
そ　ぼ　て りょうり　こい

奶奶、外婆

我想念奶奶做的菜。

★ 空
そら

広い空を仰ぐのが大好きです。
ひろ　そら　あお　　　だい す

天空

我非常喜歡仰望廣闊的
天空。

た 行

從たちつてと一路讀下去吧，N3就在眼前！

拾起每頁中的超重點星星單字，一個都別想跑！

🎵 *Track 110*

中文意思

★ **退院[する]**
たいいん
退院の日に 車 で迎えに来てくれますか。

出院
出院那天可以開車來接我嗎？

★ **ダイエット[する]**
彼女はダイエットをしている。

瘦身、減肥
她正在減肥。

★ **大学院**
だいがくいん
彼は法学部の大学院に通っている。

研究所
他正在讀法學部的研究所。

大使館
たいしかん
ロンドンに日本の大使館がある。

大使館
倫敦有日本大使館。

大統領
だいとうりょう
アメリカの大統領は誰ですか。

總統
美國的總統是誰呢？

★ **台所**
だいどころ
母は台所で晩御飯を作っている。

廚房
媽媽正在廚房做晚飯。

ダイニングキッチン
みんなダイニングキッチンで食事をしている。

有餐廳的廚房
大家正在餐廳吃飯。

★ **タイプ**
どんなタイプの女性が好きですか。

類型
你喜歡什麼類型的女生呢？

中文意思

★ 台風
たいふう

台風がこの島を襲いました。

颱風

颱風襲擊了這座島。

★ 太陽
たいよう

太陽は東から昇る。

太陽

太陽從東邊升起。

タクシー

タクシーで病院に急行した。

計程車

搭計程車急往醫院。

畳
たたみ

祖父は畳の部屋が大好きです。

榻榻米

爺爺很喜歡榻榻米的房間。

★ 建物
たてもの

この美術館は平安時代の代表的な建物である。

建築物

這間美術館是平安時代的代表性建築物。

★ 例え
たと

この例えは分かりやすいです。

例子、比喻

這個比喻很容易懂。

楽しみ
たの

来週の旅行がすごく楽しみです。

期待、快樂、樂趣

我非常期待下週的旅行。

★ 誕生日
たんじょうび

誕生日のとき、何をもらいましたか。

生日

你生日的時候，收到些什麼呢？

男性
だんせい

今では男性向けの化粧品もいっぽいある。

男性

現今也有很多男性用的化粧品。

Level **2** 名詞

た

Level **2** 動詞

Level **2** 形容詞

中文意思

だんぼう
暖房
だんぼう
暖房をつけてください。

暖氣
請開暖氣。

ち
血
ち　み　　　こわ
血を見るのが怖い。

血
我很害怕見血。

チーズ
あね　　　　　　　　　　め
姉はチーズには目がない。

起司
姐姐非常喜歡起司。

ちか
★ **近く**
ちか
この近くにコンビニはありますか。

附近
這附近有便利商店嗎？

ちか てつ
★ **地下鉄**
ちか てつ　　の
地下鉄に乗ったことがない。

地下鐵
我沒有搭乘過地下鐵。

ちから
★ **力**
ちから　　か
力を貸してください。

力氣
請借我你的力量。

ち ず
★ **地図**
ち ず　　み　　　　　みち
地図を見ても、道がわからない。

地圖
雖然看了地圖，但還是
不知道路。

ちちおや
父親
わたし　ちちおや　　きょうし
私の父親は教師です。

父親
我的父親是教師。

ちゃいろ
茶色
かのじょ　　かみ　　ちゃいろ　　そ
彼女は髪を茶色に染めた。

咖啡色、茶色
她把頭髮染成咖啡色。

ちゃわん
茶碗
しょくじ　　　　　　いもうと　ちゃわん　　あら
食事のあと、妹は茶碗を洗った。

茶碗、飯碗
吃完飯後，妹妹洗了飯
碗。

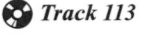

中文意思

★ **チャンス**
チャンスを掴んでください。

機會
請把握機會。

★ **注意[する]**
観客の注意をそらすことはマジックの基本です。

注意、小心、提醒
轉移觀眾的注意是魔術的基本。

★ **中学校**
中学校の先生は私の恩師です。

國中、中學
國中老師是我的恩師。

注射[する]
インフルエンザの予防注射をしましたか。

注射
你有接種流感的預防針了嗎？

★ **駐車場**
彼は駐車場で待っている。

停車場
他正在停車場等待。

注目[する]
その画家の作品はみんなの注目を集めている。

注目、注視
那位畫家的作品聚集了大家的目光。

★ **調子**
最近体の調子はどうですか。

情況、狀態
最近身體狀況如何呢？

月
ドアの透き間から月の光が射し込んできた。

月亮
月光從門縫照射進來。

★ **次**
次、止まります。

下一個
下一站停車。

Level 2
名詞
た

Level 2
動詞

Level 2
形容詞

	中文意思
つもり 週末（しゅうまつ）に何（なに）をするつもりですか。	打算、意圖 你週末打算做什麼呢？
★ **丁寧（ていねい）** 自分（じぶん）の考（かんが）えを丁寧（ていねい）に言（い）ってください。	禮貌、鄭重 請禮貌地講出自己的想法。
テキスト 英語（えいご）のテキストはどこに置（お）いたんですか。	教科書 英文教科書放在哪裡呢？
★ **出口（でぐち）** 出口（でぐち）の位置（いち）を覚（おぼ）えてください。	出口 請記住出口的位置。
デザイン このデザインは好（この）みじゃない。	設計 這個設計不合我的喜好。
デッキ キャプテンはデッキを歩（ある）いている。	甲板、艙面 船長正步行在甲板上。
★ **テニス** テニスが上手（じょうず）になりたい。	網球 我希望能擅長打網球。
テニスコート テニスコートのある学校（がっこう）に入（はい）りたい。	網球場 我想要進入有網球場的學校。
★ **デパート** デパートでショッピングをしている。	百貨公司 我正在百貨公司購物。
手袋（てぶくろ） 去年（きょねん）の冬（ふゆ）に灰色（はいいろ）の手袋（てぶくろ）を買（か）いました。	手套 去年冬天時我買了灰色的手套。

寺 (てら)
その寺はとても有名です。

寺院、佛寺
那座寺廟很有名。

★ テレビ
テレビを見ているから、あとでね。

電視
我正在看電視，待會再說。

★ 店員 (てんいん)
その店員さんはかわいいです。

店員
那位店員很可愛。

★ 天気 (てんき)
いい天気ですね。

天氣
天氣很好呢。

★ 天気予報 (てんきよほう)
天気予報によると、今日は雨です。

天氣預報
根據天氣預報，今天會是雨天。

転勤[する] (てんきん)
私は支社に転勤すると命令された。

調職
我受命調往分公司。

電灯 (でんとう)
電灯を消してくれませんか。

電燈
能幫我把電燈關掉嗎？

てんぷら
野菜のてんぷらが大好きです。

天婦羅
我很喜歡蔬菜天婦羅。

電報 (でんぽう)
彼女にお祝いの電報を送った。

電報
我打祝賀電報給她。

★ 展覧会 (てんらんかい)
展覧会を見に行きました。

展覽會
我去看了展覽。

Level 2 名詞
た

Level 2 動詞

Level 2 形容詞

🎵 *Track 116*

★ 道具（どうぐ）
キッチン道具をいろいろ買ったした。

	道具
	添購了許多廚房用品。

東南（とうなん）
東南アジアの気候はどんな感じですか。

東南
東南亞的氣候是怎樣的呢？

★ 独身（どくしん）
彼女は独身主義者です。

單身、未婚
她是單身主義者。

★ 床屋（とこや）
彼は一人で床屋を経営している。

理髮廳
他一個人經營理髮廳。

都市（とし）
台北は人口二百五十万の大都市だ。

都市
臺北是個擁有兩百五十萬人口的大都市。

★ 図書館（としょかん）
図書館へ本を借りに行きます。

圖書館
我去圖書館借書。

特急（とっきゅう）
京阪特急に乗ったことがありますか。

特快車
你有搭乘過京阪特快車嗎？

★ 泥棒（どろぼう）
警察がその泥棒を捕まえた。

小偷
警察逮捕了那個小偷。

な行

從なにぬねの一路讀下去吧，N3就在眼前！

拾起每頁中的超重點星星單字，一個都別想跑！

 **Track 117**

中文意思

★ **夏**
なつ
夏の終わりに花火大会が開催される。

夏天
夏天結束時會辦理煙火晚會。

★ **名前**
な まえ
彼女の名前は何ですか。

名字
她的名字是什麼呢？

波
なみ
私たちが乗ったボートは波にのまれた。

波浪
我們乘坐的船被波浪所吞沒。

匂い
にお
台所から変な匂いがする。

味道
廚房有奇怪的味道。

西
にし
太陽は西に沈んだ。

西邊
太陽於西邊沉落。

日記
にっき
彼の日記を読んでいる。

日記
我正讀著他的日記。

★ **荷物**
に もつ
荷物をまとめている。

行李
我正在整理行李。

★ **入院[する]**
にゅういん
これから入院の手続きをしなければならない。

住院
我接下來得去辦理住院手續。

Level 2 名詞
な
Level 2 動詞
Level 2 形容詞

中文意思

★ 入学[する]
にゅうがく

彼は入学試験に落ちた。
かれ にゅうがくしけん お

入學

他沒通過入學考試。

★ ニュース

今日のニュースを見ましたか。
きょう み

新聞、消息

今天的新聞你看了嗎？

★ 人形
にんぎょう

娘は人形遊びをしている。
むすめ にんぎょうあそ

洋娃娃、人形玩偶

我女兒正在玩洋娃娃。

根
ね

雑草を根から抜いてください。
ざっそう ね ぬ

根

請從根部拔起雜草。

熱
ねつ

熱で学校を休みました。
ねつ がっこう やす

發燒、熱度

因為發燒，所以跟學校請了假。

熱愛[する]
ねつあい

あの二人の熱愛報道が出た。
ふたり ねつあいほうどう で

熱愛

那兩人傳出了緋聞。

★ ネックレス

クリスマスに彼氏からネックレスをもらい
かれし

ました。

項鍊

聖誕節時從男朋友那收到了項鍊。

農業
のうぎょう

今、農業の機械化はだんだん進んでいく。
いま のうぎょう きかいか すす

農業

農業現在逐漸往機械化推進。

★ 喉
のど

喉が渇いたので、水をいただけませんか。
のど かわ みず

喉嚨

我渴了，可以請您給我水嗎？

★ 飲み物
なに の もの
何か飲み物はいかがですか。

飲料
你需要些什麼飲料嗎？

★ 乗り物
の もの いちばんあんぜん
乗り物で一番安全なのはどれですか。

交通工具
交通工具中哪個最安全？

Level
2
名　詞

な

Level
2
動　詞

Level
2
形　容　詞

は行

從はひふへほ一路讀下去吧，N3就在眼前！
拾起每頁中的超重點星星單字，一個都別想跑！

Track 120

	中文意思
派 あなたは猫派ですか、犬派ですか。	傾向、派別 你是貓派還是犬派呢？
★ **場合** 緊急事態なんだから、泣いている場合じゃない。	場合、狀況、情形 在這種緊急情況下並不是哭泣的時候。
パーティー 彼の誕生日パーティーに招待された。	派對 我被邀請去他的生日派對。
★ **倍** 二人分を作る場合は、分量を倍にしてください。	倍 要煮2人份時，請把（材料的）份量加倍。
ハイキング みんなでハイキングに行きましょう。	郊遊 大家一起去郊遊吧！
★ **拝見[する]** 手紙を拝見させていただけませんか。	（謙讓語）拜讀 我能夠拜讀這封信嗎？
歯医者 歯が痛いので、歯医者に診てもらった。	牙科醫生 因為牙齒痛，所以去看了牙醫。

★ 売店
ばいてん

あのおばさんは学校の売店を経営している。

小商店

那位阿姨經營學校內的小商店。

★ 場所
ばしょ

この近くに何か面白い場所はありますか。

場所、地點

這附近有什麼有趣的場所嗎？

初め
はじ

初めから終わりまで頑張りましょう。

初始

讓我們從始至終都好好加油吧！

★ はず

他に方法があるはずです。

應該、理當如此、當然

應該會有其他的方法。

★ パスポート

彼はパスポートを更新した。

護照

他去更新了他的護照。

バター

パンにバターを塗っている。

奶油

我正在麵包上塗抹奶油。

パチンコ

パチンコで負けて生活費がなくなった。

小鋼珠

打小鋼珠輸光了生活費。

★ 発音
はつおん

ネイティブのような発音ができるようになりたい。

發音

希望發音能變得像母語者一樣。

話
はなし

小さい時から彼とは話が合わない。

話、談話

從小時候我就和他話不投機。

Level
2
名 詞

は

Level
2
動 詞

Level
2
形 容 詞

125

バナナ
くだもの なか いちばん す
果物の中で、バナナが一番好きです。

香蕉
在水果當中，我最喜歡香蕉。

★ 花見
はな み
しがつ こうえん はな み い
四月にみんなで公園に花見に行きましょう。

賞花
四月時大家去公園賞花吧！

母親
ははおや
ははおや しごと かんごふ
母親の仕事は看護婦です。

母親、媽媽
母親的工作是護士。

母の日
はは ひ
はは ひ かあ なに
母の日にお母さんに何をあげましたか。

母親節
母親節時送媽媽什麼呢？

パリ
ことし ふゆやす りょこう い
今年の冬休みにパリへ旅行に行くつもりです。

巴黎
今年寒假預計去巴黎旅行。

★ 春
はる
はる はな さ
春になって、花が咲いた。

春天
春天到，花就開了。

★ バレーボール
かれ しゅみ
彼の趣味はバレーボールをすることです。

排球
他的興趣是打排球。

ハンカチ
なみだ ふ
ハンカチで 涙 を拭いた。

手帕
用手帕拭淚。

★ 番組
ばんぐみ
ばんぐみ み だい す
バラエティ番組を見ることが大好きです。

節目
我非常喜歡看綜藝節目。

中文意思

★ 反対[する]
はんたい

私 は彼の意見に反対です。
わたし　　かれ　　いけん　　　　はんたい

相反、反對
我反對他的意見。

★ 半分
はんぶん

十の半分は五です。
じゅう　はんぶん　ご

一半
十的一半是五。

日
ひ

雲の 間 から日がさしてきた。
くも　あいだ　　　ひ

陽光、太陽
雲霧間透出了陽光。

★ ピアノ

ピアノが弾ける人を尊敬している。
ひ　　　ひと　そんけい

鋼琴
我敬仰會彈鋼琴的人。

東
ひがし

太陽は 東 から昇る。
たいよう　ひがし　　　のぼ

東邊
太陽從東邊升起。

引き出し
ひ　だ

引き出しを整理してください。
ひ　だ　　　せいり

抽屜
請整理抽屜。

鬚
ひげ

あの 男 の人は鬚が濃いです。
おとこ　ひと　ひげ　こ

鬍子、鬍鬚
那個男人的鬍鬚很濃密。

★ ビザ

海外へ行くとき、ビザが必要です。
かいがい　い　　　　　　　ひつよう

簽證
去國外時，簽證是必要的。

★ 久しぶり
ひさ

久しぶりの雨が乾いた土に 潤 いを与えた。
ひさ　　　あめ　かわ　　つち　うるお　　あた

隔了好久
久違的雨水滋潤了乾涸的土壤。

美 術 館
び じゅつかん

美 術 館に絵を見に行く。
び じゅつかん　え　み　い

美術館
去美術館看畫。

Level
2
名　詞

は

Level
2
動　詞

Level
2
形 容 詞

127

★ 病院
びょういん

彼は事故で病院に搬送された。
かれ じこ びょういん はんそう

醫院

他因為發生事故而進了醫院。

★ ビル

あの高いビルはデパートですか。
たか

大樓

那棟高的大樓是百貨公司嗎？

★ 昼間
ひるま

昼間からお酒を飲むのはどうかと思う。
ひるま さけ の おも

白天

白天就在喝酒不好吧。

広場
ひろば

その広場に集合してください。
ひろば しゅうごう

廣場

請在那個廣場集合。

ピンポン

ピンポンは卓球とも呼ばれている。
たっきゅう よ

乒乓球

乒乓球也叫作桌球。

封筒
ふうとう

手紙を封筒に入れてください。
てがみ ふうとう い

信封

請將信放入信封中。

★ プール

夏になるといつもプールに行きたいです。
なつ い

游泳池

到了夏天時，我總是想去游泳池。

フォーク

フォークでいちごを食べている。
た

叉子

我用叉子吃著草莓。

★ 復習 [する]
ふくしゅう

授業の復習しています。
じゅぎょう ふくしゅう

複習

我正在複習上課內容。

★ 袋
ふくろ

そのビニール袋を貸してもらえませんか。
ふくろ か

袋子

那個塑膠袋可以借給我嗎？

中文意思

部長
ぶちょう
部長に伝言をお願いします。
でんごん ねが

經理、部長
請把我的話傳達給部長。

★ 普通
ふつう
彼は普通の家庭で育った子です。
かれ ふつう かてい そだ こ

普通
他是在普通家庭中成長的孩子。

物価
ぶっか
今物価がだんだん上がっている。
いまぶっか あ

物價
現在的物價正逐漸上漲。

★ 布団
ふとん
押入れから布団を出してください。
おしい ふとん だ

棉被、被子
請從壁櫥裡拿出棉被。

★ 冬
ふゆ
冬の早起きは本当につらいです。
ふゆ はやお ほんとう

冬天
冬天的時候，早起真的很痛苦。

★ プレイガイド
プレイガイドでチケットを購入した。
こうにゅう

門票預售處
我在門票預售處買了票。

プレゼント[する]
クリスマスに何かプレゼントをもらいましたか。
なに

禮物
你在聖誕節有收到什麼禮物嗎？

★ 文化
ぶんか
外国の文化にとても興味があります。
がいこく ぶんか きょうみ

文化
我對外國文化深有興趣。

文学
ぶんがく
彼女の専門は日本文学です。
かのじょ せんもん にほんぶんがく

文學
她的專長是日本文學。

Level **2** 名詞

は

Level **2** 動詞

Level **2** 形容詞

ぶんぽう
文法
えいご　　ぶんぽう　　　　にがて
英語の**文法**がとても苦手です。

文法
我對於英語文法相當不
擅長。

★ **ベッド**
はい
そろそろ**ベッド**に入ろうか。

床舖
差不多該上床睡覺了。

★ **ペット**
か
ペットが飼いたいです。

寵物
我想要養寵物。

ベトナム
い
ベトナムに行ったことがありません。

越南
我沒有去過越南。

ベル
な
ドアの**ベル**が鳴っています。

門鈴、鐘
門鈴響了。

★ **ペン**
か
ペンを貸してもらえませんか。

筆
您可以借我筆嗎？

へんじ
★ **返事[する]**
む　　　　　へんじ
向こうから**返事**がない。

回答、答覆
對面無人回應。

ぼうえき
貿易[する]
かれ　　　　　ぼうえきがいしゃ　はたら
彼はあの**貿易**会社で 働 いています。

貿易
他在那間貿易公司工
作。

ほうそう
放送[する]
ばんぐみ　　なまほうそうちゅう
この番組は生**放送** 中 です。

廣播、播放
這個節目正在直播中。

ほうりつ
法律
かれ　　　　　　　　　　　ほうりついはん
彼がやったことは**法律**違反です。

法律
他做的事情違反法律。

★ 他の人
ほか　ひと

他の人の気持ちも考えてください。

其他人、別人

也請考慮其他人的心情。

保険証
ほ けんしょう

病院に行くとき、保険証を提示してください。

健保卡

去醫院的時候，請出示健保卡。

★ 僕
ぼく

僕のことを忘れないでください。

（男人對自己的稱呼）我

請不要忘記我。

牧場
ぼくじょう

牧場には牛がたくさんいる。

牧場

牧場有很多牛。

★ ポケット

ポケットに何か入っていますか。

口袋

口袋裡有什麼東西嗎？

★ ボタン

ボタンが外れていますよ。

鈕扣

鈕扣鬆開了唷。

★ 北海道
ほっかいどう

北海道は一番面積の大きい都道府県です。

北海道

北海道是面積最大的都道府縣。

★ ホテル

出張のときはホテルに泊まっていた。

旅館

我出差的時候，住在旅館。

翻訳[する]
ほんやく

この文章を翻訳してください。

翻譯

請翻譯這篇文章。

Level 2 名詞

は

Level 2 動詞

Level 2 形容詞

131

ま行

從まみむめも一路讀下去吧，N3就在眼前！

拾起每頁中的超重點星星單字，一個都別想跑！

Track 128

中文意思

★ 町（まち）

この町（まち）の名産（めいさん）は何（なに）ですか。

城鎮、街道

這座城鎮的名產是什麼呢？

マッチ

マッチを擦（こす）ったが火（ひ）がつかなかった。

火柴、配合、相襯

雖然摩擦了火柴，但火沒點著。

★ 周（まわ）り

彼（かれ）の周（まわ）りにいつもたくさんの人（ひと）が集（あつ）まっている。

周圍

他的周圍總是聚集很多人。

★ 漫画（まんが）

その漫画（まんが）はいつ出版（しゅっぱん）しましたか。

漫畫

那本漫畫是什麼時候出版的呢？

★ 真（ま）ん中（なか）

みんながこの広場（ひろば）の真（ま）ん中（なか）に集合（しゅうごう）しました。

正中央

大家在這個廣場的正中央集合了。

水色（みずいろ）

娘（むすめ）は水色（みずいろ）が大好（だいす）きです。

水藍色、淡藍色

我女兒非常喜歡水藍色。

★ 水着（みずぎ）

一緒（いっしょ）に水着（みずぎ）を買（か）いに行（い）きましょう。

泳衣

一起去買泳衣吧！

★ 道
みち
知らない町で道に迷った。

道路
在不熟悉的城鎮中迷了路。

緑
みどり
その緑の服を着ている女性は誰ですか。

綠色、綠意
那位穿著綠色衣服的女性是誰呢？

港
みなと
その船が港に着いた。

港口
那艘船到達了港口。

南
みなみ
南を向いてください。

南邊
請面向南邊。

★ 見舞い
みま
花を持ってお見舞いに行きました。

探望、慰問
我帶著花過去探望。

都
みやこ
その町は花の都と呼ばれている。

中心都市、京城
那座城鎮被稱作花都。

昔話
むかしばなし
お爺さんは昔話ばかりする。

舊事、往事
爺爺一直訴說著往事。

★ 向こう
む
私は駅の向こうにあるマンションに住んでいる。

對面
我住在車站對面的公寓。

虫眼鏡
むしめがね
虫眼鏡で蟻を観察した。

放大鏡
我用放大鏡觀察螞蟻。

Level 2 名詞 ま

Level 2 動詞

Level 2 形容詞

	中文意思
★ **息子** むすこ むすこ だいがくせい 息子は大学生です。	兒子 我的兒子是大學生。
★ **娘** むすめ かれ むすめ かんごし 彼の 娘 は看護士です。	女兒 他的女兒是護理師。
★ **村** むら だいひょうせんしゅ せんしゅむら と 代表選手は選手村に泊まりました。	村落、村莊 國家代表隊住在選手村。
★ **無理[する]** むり むり い 無理を言わないでください。	勉強、不可能 請不要強人所難。
★ **目** め けむり め いた 煙 のせいで目が痛い。	眼睛 煙霧害我眼睛痛。
★ **メートル** ひゃく きょうそう で 百メートル競走に出ました。	公尺 參加了百米賽跑比賽。

や行

從やゆよ一路讀下去吧，N3就在眼前！
拾起每頁中的超重點星星單字，一個都別想跑！

 **Track 131**

	中文意思

野球（やきゅう）
彼氏の趣味は野球をすることです。
棒球
我男朋友的興趣是打棒球。

Level 2 名詞 や

役得（やくとく）
役得で新商品がいち早く試せる。
外快、因職務得到的好處
因為職務關係可以早人一步試用新產品。

Level 2 動詞

★ **野菜**（やさい）
野菜は体にいいです。
蔬菜
蔬菜對身體好。

Level 2 形容詞

★ **家賃**（やちん）
一ヶ月の家賃はいくらですか。
房屋租金
你一個月的房租多少呢？

★ **山**（やま）
山の頂で見た景色は忘れられない。
山
無法忘懷在山頂見到的景色。

山道（やまみち）
山道を辿って、やっと目的地に着いた。
山路
沿著山路前進，終於抵達了目的地。

★ **夕方**（ゆうがた）
あしたの夕方にまた電話します。
傍晚
明天傍晚再打電話給你。

ユーモア
ユーモアのある人が好きです。
幽默
我喜歡有幽默的人。

夕飯（ゆうはん）
夕飯はもう食べましたか。

晚飯
你吃晚飯了嗎？

輸出[する]（ゆしゅつ）
わが国は自転車を輸出している。

外銷、出口
我國出口腳踏車。

輸入[する]（ゆにゅう）
日本からたくさんの電気用品を輸入している。

進口
從日本進口相當多的電器用品。

★ **夢**（ゆめ）
昨日見た夢を忘れました。

夢、夢想
忘記了昨天做的夢。

★ **用意[する]**（ようい）
食卓の用意をお願いできますか。

準備
能請你幫忙擺放餐具嗎？

用水（ようすい）
工業用水はいくらでも足りない。

用水
工業用水無論多少都不夠。

★ **予定[する]**（よてい）
この週末に何か予定がありますか。

預定、安排
你這個週末有什麼計畫嗎？

★ **読み方**（よみかた）
この文字の読み方を教えてください。

念法、讀法
請教我這個字的念法。

★ **予約[する]**（よやく）
予約を変更したいのですが。

預約
我想更改預約內容。

ら行

從らりるれろ一路讀下去吧，N3就在眼前！

拾起每頁中的超重點星星單字，一個都別想跑！

Track 133

中文意思

★ 理由
りゆう
彼と離婚した理由は何ですか。
かれ　りこん　　　りゆう　なに

理由
你跟他離婚的理由是什麼呢？

★ 留学[する]
りゅうがく
来年イギリスへ留学に行きます。
らいねん　　　　　　りゅうがく　い

留學
我明年要去英國留學。

利用[する]
りよう
この機会を利用してください。
きかい　りよう

利用
請利用這個機會。

★ 両親
りょうしん
両親はいつも私を支持してくれる。
りょうしん　　　　わたし　しじ

雙親
我的雙親總是支持著我。

★ 料理[する]
りょうり
母の作った料理はすごく美味しいです。
はは　つく　　　りょうり　　　　　お　い

料理、做菜、烹調
媽媽做的料理相當美味。

旅館
りょかん
泊まる旅館を見つけましたか。
と　　　りょかん　み

旅館
找到要下榻的旅館了沒？

★ 旅行[する]
りょこう
イギリスへ旅行に行きました。
りょこう　い

旅行
我去英國旅行。

★ 留守[する]
るす
彼が仕事に行っていて、留守です。
かれ　しごと　い　　　　　　る　す

外出、不在家
他去工作了，現在不在家。

Level 2 名詞
ら

Level 2 動詞

Level 2 形容詞

137

留守番
かのじょ る す ばん
彼女は留守番をしている。

看家
她正在看家。

★ **冷蔵庫**
れいぞう こ
冷蔵庫にりんごが二つある。

冰箱
冰箱裡有兩顆蘋果。

冷房
あつ れいぼう
暑いので、冷房をつけてもいいですか。

冷氣
因為很熱,可以開冷氣嗎?

★ **レストラン**
こうきゅう おい
その高級レストランはとても美味しいです。

餐廳
那間高級餐廳相當好吃。

練習 [する]
し あい れんしゅう
試合のために練習しようよ。

練習
為了比賽來練習吧!

★ **連絡[する]**
なに れんらく
何かあったら、連絡してください。

聯絡
你有什麼事的話,請聯絡我。

わ行

從わ一路讀下去吧，N3就在眼前！
拾起每頁中的超重點星星單字，一個都別想跑！

 *Track 135*

★ **訳**（わけ）
彼のやることは訳がわからない。

意思、內容、理由、道理
我不懂他正在做什麼。

Level **2**
名詞
わ

★ **和室**（わしつ）
洋室より、和室のほうが好きです。

和室、日式房間
比起西式房間，我更喜歡日式房間。

Level **2**
動詞

★ **忘れ物**（わすもの）
彼の家に忘れ物をしました。

忘記帶的東西、忘記拿的東西
我把東西忘在他家了。

Level **2**
形容詞

あ行

從あいうえお一路讀下去吧，N3就在眼前！

拾起每頁中的超重點星星單字，一個都別想跑！

🎵 *Track 136*

中文意思

合^あう

あの二人^{ふたり}はすごく合^あう。

準、對、正確、合適
那兩人非常地合拍。

★ 上^あがる

ワインは年月^{ねんげつ}を重^{かさ}ねると価値^{かち}が上^あがる。

提高、上升、進入
葡萄酒放得越久越值錢。

あげる

娘^{むすめ}の誕生日^{たんじょうび}に人形^{にんぎょう}を買^かってあげた。

給、送給（与える/やる的謙讓語）
在女兒生日時我送了洋娃娃給她。

集^{あつ}まる

みんなが彼^{かれ}の家^{いえ}に集^{あつ}まった。

聚集、集中
大家聚集在他家。

★ 集^{あつ}める

友達^{ともだち}を集^{あつ}めてパーティーを開^{ひら}く。

集合、集中
將朋友聚集在一起，並舉辦派對。

★ 謝^{あやま}る

彼女^{かのじょ}に謝^{あやま}ってください。

道歉、賠不是
請向她道歉。

★ 洗^{あら}う

このシミはいくら洗^{あら}っても落^おちない。

洗滌
這塊汙漬怎麼洗都洗不掉。

中文意思

生きる
何があっても、生きていてほしい。

生存、生動、有生氣

無論發生了什麼事，我都希望你活著。

★ いじめる
クラスメートをいじめないでください。

欺負

請不要欺負同學。

★ 急ぐ
時間がない。急いでください。

急、快走、加快

沒時間了，請快一點。

致す
どう致しましょう。

做（する的謙讓語）

該怎麼辦？

頂く
遠慮なく頂きます。

吃、喝、接受（食べる/飲む/もらう的謙讓語）

我就不客氣了。

★ 祈る
彼が合格できるように祈っている。

祈禱

我祈禱著他能夠合格。

★ 嫌がる
娘は歯医者に行くのを嫌がる。

厭惡、討厭

女兒討厭看牙醫。

いらっしゃる
お母さんはお宅にいらっしゃいますか。

來、去、在（居る/來る/行く的敬語）

您母親在家嗎？

★ 要る
何か要りますか。

要、需要

你需要什麼呢？

Level 2 名詞

Level 2 動詞 あ

Level 2 形容詞

141

	中文意思
入れる 紅茶に砂糖を入れました。	放進、加進、包括、泡茶 將砂糖放進了紅茶裡。
植える 父は桜の木を植えました。	種植 爸爸種了櫻花樹。
伺う ちょっと伺いますが、この人をご存知ですか。	請教、打聽、拜訪（尋ねる的謙讓語） 稍微向您打聽一下，您知道這個人嗎？
★ 受ける 母の言葉にショックを受けた。	接受 母親的話令我大受打擊。
★ 動く 仕事から帰ると全く動けない。	動、移動、搖動 下班回家後，完全不想動。
打つ 交通事故で頭を打った。	打、敲、拍 出車禍撞到了頭。
★ 写す それはあの時代の歴史を写した小説である。	抄、描寫、拍照 那是本描寫那個時代歷史的小説。
★ 移す 彼に風邪を移さないように気をつけてください。	移、搬、傳染 請注意不要把感冒傳染給他。
写る この写真の隅に写っている人は誰ですか。	映、照、透過來 這張照片中在角落的人是誰？

★ **うなずく**
かれ いち じ かんかんが
彼は一時間 考えて、やっと**うなずいた**。

點頭答應
他考慮了一個小時，終
於點頭答應了。

う
生まれる
かのじょ う
彼女はアメリカで**生まれた**。

出生、生
她出生於美國。

う
売る
みせ たまご う
この店で 卵 は**売っ**ていますか。

販賣
這間店有在賣蛋嗎？

Level 2
名 詞

えら
★ **選ぶ**
なか いちばん す ひと えら
この中で、一番好きな人を**選ん**でください。

選擇
請在這之中選擇你最喜
歡的人。

Level 2
動 詞
あ

お
★ **置く**
うえ お なん
そのテーブルの上に**置い**ているものは何で
すか。

放置
放在那張桌子上的東西
是什麼？

Level 2
形容詞

おく
★ **送る**
おそ くるま おく
もう遅いから、車 で**送り**ましょうか。

送、贈送
時間已經晚了，我開車
送你吧？

おく
遅れる
おく あやま
遅れたとき、謝ったほうがいい。

遲到、延遲
遲到的時候，道個歉會
比較好。

お
起こす
じ けん かれ お
その事件は彼が**起こした**。

引起
那起事件是由他所引起
的。

おこ
★ **怒る**
かのじょ おこ
彼女はなぜ**怒っ**ていますか。

生氣、憤怒
她為什麼在生氣呢？

中文意思

★ 行う
おこな

来週学校で運動会が行われる。
らいしゅうがっこう　うんどうかい　おこな

舉行、舉辦

下週學校舉辦運動會。

教わる
おそ

私は田中先生に英語を教わった。
わたし　たなかせんせい　えいご　おそ

受教、跟……學習

我跟著田中老師學習英語。

★ 落ちる
お

テーブルからボールが落ちた。
お

掉落、落下

球從桌子上掉落。

おっしゃる

何をおっしゃっていますか。
なに

說、稱（言う的敬語）
い

您在說什麼呢？

落とす
お

彼女は家に帰ったら、すぐメークを落とした。
かのじょ　いえ　かえ　お

扔下、弄掉、使落下

她回到家後，馬上卸了妝。

踊る
おど

一緒に踊りませんか。
いっしょ　おど

跳舞、舞動

要一起跳舞嗎？

★ 驚く
おどろ

彼らの交際報道を見て驚いた。
かれ　こうさいほうどう　み　おどろ

驚嚇、嚇一跳、吃驚

看到他們在交往的報導我嚇了一跳。

覚える
おぼ

高校時代のことはまだ覚えている。
こうこうじだい　おぼ

記憶

我還記得高中時期的事情。

★ 思い出す
おも　だ

彼に会って、昔のことを思い出した。
かれ　あ　むかし　おも　だ

想起

遇到他後，我想起了以前的事情。

★ 思う
おも

新聞を読んでどう思いますか。
しんぶん　よ　　　　　　　おも

泳ぐ
およ

生徒たちはプールで泳いでいる。
せいと　　　　　　　　およ

★ 降りる
お

彼はバスから降りた。
かれ　　　　　　　お

終わる
お

仕事が終わったら、すぐ家に帰る。
しごと　お　　　　　　　いえ　かえ

中文意思

想、認為、覺得
讀了報紙，你怎麼想呢？

游泳
學生正在泳池內游泳。

下、降落、下車
他從巴士上下來。

結束、終了
工作結束後，我馬上回家。

Level 2 名詞

Level 2 動詞
あ

Level 2 形容詞

か行

從かきくけこ一路讀下去吧，N3就在眼前！
拾起每頁中的超重點星星單字，一個都別想跑！

🎧 *Track 142*

中文意思

★ 返す
かえ
早く本を返してください。

歸還
請早些歸還書籍。

★ 変える
か
彼はこの世界を変えるという野望がある。
かれ　　　　せかい　か　　　　　　　　やぼう

改變
他有著改變這個世界的野心。

書く
か
自分の名前を書いてください。
じぶん　なまえ　か

寫、畫
請寫下自己的名字。

★ 貸す
か
彼にお金を貸してもらいました。
かれ　　かね　か

借出
他借了錢給我。

★ 片付ける
かた　づ
部屋が汚いので、早く片付けてください。
へや　きたな　　　　　はや　かたづ

整理、收拾
因為房間髒了，請快點收拾一下。

勝つ
か
一点差で勝ちました。
いってんさ　か

勝、戰勝、克服
以一分之差取勝。

噛む
か
あの子はガムを噛んでいる。
こ　　　　　　　か

咬、咀嚼
那個孩子正在咀嚼口香糖。

中文意思

★ 借りる
か

母からお金を借りました。

借、租
從母親那借了錢。

★ 考える
かんが

何を考えていますか。
なに　かんが

想、思考
你正在想什麼呢？

Level 2
名　詞

★ 頑張る
がん　ば

今回の試合頑張ってください。
こんかい　しあいがんば

努力、盡力、加油
這次的比賽請加油。

Level 2
動　詞

か

決める
き

このかばんを買うことに決めた。
か　　　き

決定
我決定要買這個包包。

★ 気をつける
き

風邪を引かないように気をつけてください。
かぜ　ひ　　　　　　き

小心
請小心不要感冒了。

Level 2
形容詞

★ 下さる
くだ

先生がプレゼントを下さった。
せんせい　　　　　　くだ

給、贈（くれる的敬語）
老師送了我禮物。

★ 暮らす
く

小さい頃は海外で暮らした。
ちい　ころ　かいがい　く

生活、度日、打發時間
小時候在國外生活。

★ 比べる
くら

去年に比べて、今年の人口はさらに増えた。
きょねん　くら　　　ことし　じんこう　　　　　ふ

比較
和去年相比，今年的人口更為增加了。

くれる

この本、私にくれるのですか。
ほん　わたし

給予
這本書是給我的嗎？

147

★ **答える**
_{こた}

私の質問に答えてください。
_{わたし} _{しつもん} _{こた}

回答、答覆
請回答我的問題。

壊す
_{こわ}

息子は自分のおもちゃを壊した。
_{むすこ} _{じぶん} _{こわ}

損壞、弄壞、破壞
我兒子弄壞了自己的玩具。

さ 行

從さしすせそ一路讀下去吧，N3就在眼前！

拾起每頁中的超重點星星單字，一個都別想跑！

 *Track 145*

中文意思

★ 探す
さが

家賃の安い部屋を探しています。
や ちん やす へ や さが

找、尋找

我正在尋找租金便宜的房間。

Level 2 名詞

下げる
さ

声を下げて話してください。
こえ さ はな

降低、懸、提取、發放

說話請降低音量。

Level 2 動詞 さ

★ 差し上げる
さ あ

もう一杯ご飯を差し上げましょうか。
いっぱい はん さ あ

給予（あげる的敬語）

要再給您一碗飯嗎？

Level 2 形容詞

去る
さ

冬が去って春が来た。
ふゆ さ はる き

去除、疏遠

冬天過去了，春天來了。

★ 触る
さわ

私の肩を触らないでください。
わたし かた さわ

碰、觸碰

請不要碰我的肩膀。

★ 叱る
しか

弟は母に叱られた。
おとうと はは しか

責罵

弟弟被媽媽罵了。

占める
し

彼女はいつも一位を占めている。
かのじょ いち い し

佔有、佔領

她總是佔領著第一名的位置。

	中文意思
★ 締<ruby>し</ruby>める 車<ruby>くるま</ruby>に乗<ruby>の</ruby>るときはシートベルトを締<ruby>し</ruby>めるべきです。	勒緊、繫上 乘車的時候，應該要繫上安全帶。
知<ruby>し</ruby>らせる できるだけ早<ruby>はや</ruby>く知<ruby>し</ruby>らせてください。	知道、通知 請盡早通知我。
★ 調<ruby>しら</ruby>べる 警察<ruby>けいさつ</ruby>はその殺人事件<ruby>さつじんじけん</ruby>の原因<ruby>げんいん</ruby>を調<ruby>しら</ruby>べている。	調查、得知 警察正在調查那件殺人案的原因。
★ 住<ruby>す</ruby>む 彼女<ruby>かのじょ</ruby>はその平和<ruby>へいわ</ruby>な町<ruby>まち</ruby>に住<ruby>す</ruby>んでいる。	居住 她住在那個平靜的城鎮中。
★ 座<ruby>すわ</ruby>る そこに座<ruby>すわ</ruby>ってください。	坐 請坐在那裡。
★ 育<ruby>そだ</ruby>てる 彼氏<ruby>かれし</ruby>はおばあちゃんに育<ruby>そだ</ruby>てられた子<ruby>こ</ruby>です。	培育、撫養 我男朋友是奶奶養大的孩子。

た行

從たちつてと一路讀下去吧，N3就在眼前！

拾起每頁中的超重點星星單字，一個都別想跑！

Track 147

中文意思

倒す 彼は敵を倒した。	弄倒、推翻 他擊敗了敵人。
足す 七足す四は十一です。	加、增加 七加四等於十一。
★ 立つ 遅れた人は立ってください。	站立 遲到的人請站起來。
★ 建てる 私の家はその有名な建築家が建てたのだ。	蓋、建造、建築 我家是那個有名的建築師建造的。
頼む この件を彼に頼もうと考えている。	拜託、請求 我想著要拜託他這件事。
足りる お菓子は足りていますか。	足夠 點心還足夠嗎？
★ 使う どうぞこの部屋を自由に使ってください。	使用 不要客氣，請自由使用這個房間。
★ 着く 三時間かかって、東京に着いた。	到達、抵達 花了三個小時抵達東京。

Level **2** 名詞

Level **2** 動詞

た

Level **2** 形容詞

★ **付ける**

かばんに好きなバッジを付ける。

附加、添加、抹上、安裝

在包包上別上喜歡的徽章。

漬ける

お母さんは洗濯物を水に漬けておいた。

浸泡、醃漬

媽媽將要洗的衣服浸泡在水中。

★ **包む**

この本をプレゼント用に包んでください。

包圍、包上

請把這本書當作禮物包裝起來。

★ **勤める**

父は社長としてその会社に勤めている。

工作、任職、擔任

父親在那間公司擔任總經理。

つまむ

塩をつまんでスープに入れた。

抓一撮

抓了一撮鹽加進湯裡。

釣る

彼がお菓子で子供を釣っている。

釣、引誘

他用糖果引誘小孩。

連れて行く

私を動物園に連れて行ってください。

帶（某人）去

請帶我去動物園。

連れてくる

母がここに連れてきました。

帶（某人）來

媽媽帶我到了這邊。

★ **連れる**

母が妹を連れて公園に行った。

帶、帶領、跟隨

媽媽帶妹妹去公園。

★ **出かける**
で

娘 は出かけるのが大好きです。
むすめ　　で　　　　　　　　だい す

出門、外出
我女兒很喜歡出門。

★ **できる**

ここから東京 を眺めることができる。
とうきょう　　なが

會、能夠、可以
從這邊可以眺望東京。

★ **手伝う**
て つだ

家事を手伝いましょうか。
か じ　　て つだ

幫助、幫忙
要幫忙做家事嗎？

Level
2
名 詞

整 える
ととの

面接のために、髪の毛を整 えた。
めんせつ　　　　　　かみ　け　ととの

整理、整頓
我為了面試，整理了頭髮。

Level
2
動 詞

た

★ **泊まる**
と

ここに泊まってもいいですか。
と

住（家以外的地方）
我可以在這留宿嗎？

Level
2
形 容 詞

★ **止める**
と

彼女は足を止めて 休 憩する。
かのじょ　あし　と　　きゅうけい

停、終止
她停下腳步休息。

★ **泊める**
と

雨が降ったから、友人を泊めてあげた。
あめ　ふ　　　　　　ゆうじん　　と

留宿、住宿
因為下雨了，所以我讓朋友留宿。

★ **取り替える**
と　か

不良 品を取り替えてもらった。
ふ りょうひん　と か

換、更換、替換
我去更換瑕疵品。

★ **取る**
と

その本を取ってもらえませんか。
ほん　と

拿、取、花費、除掉
能不能請你幫我拿那本書呢？

153

な行

從なにぬねの一路讀下去吧，N3就在眼前！

拾起每頁中的超重點星星單字，一個都別想跑！

🔘 *Track 150*

中文意思

★ 直^{なお}す
この誤^{あやま}りを直^{なお}してください。

訂正、修改
請訂正這個錯誤。

無^なくす
不注意^{ふちゅうい}で財布^{さいふ}を無^なくした。

失去
因為不小心而丟失了錢包。

投^なげる
あの子^こはボールを投^なげている。

拋投、丟
那個孩子正在投球。

★ 習^{なら}う
その先生^{せんせい}から英語^{えいご}を習^{なら}っている。

學習
我正在跟那位老師學習英語。

並^{なら}べる
その店^{みせ}の前^{まえ}で人^{ひと}がたくさん並^{なら}んでいる。

並列、排列
那間店的門口有很多人在排隊。

★ なる
弟^{おとうと}は将来警察^{しょうらいけいさつ}になりたがっている。

成為
弟弟將來想成為警察。

★ 脱^ぬぐ
入^{はい}る前^{まえ}に、靴^{くつ}を脱^ぬいでください。

脱掉
進入前請脱鞋。

盗^{ぬす}む
ルームメートが私^{わたし}の金^{かね}を盗^{ぬす}んだ。

偷竊
室友偷了我的錢。

塗る
ぬ

お母さんはパンにバターを塗った。
かあ ぬ

塗、抹
媽媽在麵包上抹了奶油。

★ **残す**
のこ

親が私と弟を残して亡くなった。
おや わたし おとうと のこ な

殘留、留下
父母過世了，留下我和弟弟。

乗せる
の

車に乗せてもらえませんか。
くるま の

搭乘、乘載
能夠請你載我一程嗎？

Level **2**
名 詞

★ **登る**
のぼ

今週の週末に富士山に登りたい。
こんしゅう しゅうまつ ふ じ さん のぼ

登、爬（山）
這個週末想要去爬富士山。

Level **2**
動 詞

な

★ **飲む**
の

暑いときにコーラが飲みたい。
あつ の

喝、吃藥
天氣熱的時候就會想要喝可樂。

Level **2**
形 容 詞

★ **乗り換える**
の か

電車からタクシーに乗り換えた。
でんしゃ の か

換乘、換車
從電車換乘計程車。

乗る
の

飛行機に乗って、北海道に行く。
ひ こう き の ほっかいどう い

搭乘（交通工具）
搭乘飛機去北海道。

は行

從はひふへほ一路讀下去吧，N3就在眼前！
拾起每頁中的超重點星星單字，一個都別想跑！

🔘 *Track 152*

	中文意思
運ぶ (はこ) その車(くるま)は自動販売機(じどうはんばいき)を運(はこ)んでいる。	搬運、運送、進行、進展 那輛車正在運送自動販賣機。
★ **始める** (はじ) 健康(けんこう)のために、ジョギングを始(はじ)めた。	開始 為了健康而開始慢跑。
外す (はず) スマホを充電器(じゅうでんき)から外(はず)した。	離開、摘下、取下 把手機從充電器上取下來。
★ **働く** (はたら) 父(ちち)がその会社(かいしゃ)で働(はたら)いている。	做（壞事）、工作 爸爸在那間公司工作。
★ **話す** (はな) 本当(ほんとう)のことを話(はな)してください。	說話、說 請告訴我真話。
★ **払う** (はら) 現金(げんきん)で払(はら)ってください。	付錢、付款 請支付現金。
貼る (は) 壁(かべ)にポスターを貼(は)りました。	貼、張貼 我在牆壁上貼了海報。
引き出す (ひ だ) 銀行(ぎんこう)から十万円(じゅうまんえん)を引(ひ)き出(だ)した。	提款 我從銀行提領了十萬日圓。

★ 引っ越す
ひ　　こ

来月東京の新居に引っ越すつもりです。
らいげつとうきょう　しんきょ　　ひ　こ

搬家
預計下個月要搬到東京的新家。

冷やす
ひ

コーラを冷蔵庫で冷やしておいてください。
れいぞうこ　　ひ

冷卻、冷靜
請將可樂放到冰箱冷藏。

★ 開く
ひら

春が来て、花が開いた。
はる　き　　はな　ひら

打開、開放
春天來了，花開了。

Level
2
名　詞

★ 拾う
ひろ

昨日拾ったお金はどうしますか。
きのうひろ　　かね

撿到、拾獲、意外得到
你怎麼處理昨天撿到的錢呢？

Level
2
動　詞

は

★ 踏む
ふ

私の足を踏まないでください。
わたし　あし　ふ

踏、踩到
請不要踩到我的腳。

Level
2
形容詞

ほしがる

みんなお金をたくさんほしがっている。
かね

想要
大家都想要很多的錢。

ま行

從まみむめも一路讀下去吧，N3就在眼前！

拾起每頁中的超重點星星單字，一個都別想跑！

Track 154

	中文意思

★ 曲がる
その角で右へ曲がってください。

轉向
請在那個轉角右轉。

負ける
試合に負けないように、練習しましょう。

輸、敗、負
為了不要輸了比賽，一起練習吧。

間違える
人の名前を間違えてしまた。

弄錯、搞錯
不小心弄錯別人的名字。

回す
ハンドルを回してください。

轉動、旋轉、巡迴、繞道
請轉動方向盤。

★ 磨く
一日三回歯を磨くべきだ。

刷、磨
每天應該要刷三次牙。

★ 見付ける
お兄さんは仕事を見付けましたか。

找到
你哥哥找到工作了嗎？

★ 迎える
そのウエイターさんはいつも笑顔でお客さんを迎える。

迎接
那位服務生總是笑著迎接客人。

剥く
母がみかんを剥いている。

剝去、剝掉
媽媽正在剝橘子。

中文意思

★ 召し上がる
せんせい たく ばん はん め あ
先生はお宅で晩ご飯を召し上がっています。

吃（食べる的敬語）
老師正在家中吃晚飯。

申し上げる
れい もう あ
お礼を申し上げます。

說（言う謙譲語）
深表感謝。

★ 申す
わたし た なか もう
私 は田中と申します。

說、叫（言う謙譲語）
我叫田中。

Level
2
名 詞

Level
2
動 詞

ま

Level
2
形 容 詞

や 行

從やゆよ一路讀下去吧，N3就在眼前！

拾起每頁中的超重點星星單字，一個都別想跑！

 *Track 156*

中文意思

や
焼く
<ruby>落葉<rt>おちば</rt></ruby>を<ruby>焚<rt>た</rt></ruby>いて<ruby>芋<rt>いも</rt></ruby>を<ruby>焼<rt>や</rt></ruby>いた。

燃燒
燃燒落葉烤了番薯。

★ **役に立つ**
<ruby>役<rt>やく</rt></ruby>に<ruby>立<rt>た</rt></ruby>つ<ruby>道具<rt>どうぐ</rt></ruby>がほしいです。

有用、起作用
我想要有用的道具。

★ **辞める**
<ruby>明日<rt>あした</rt></ruby><ruby>会社<rt>かいしゃ</rt></ruby>を<ruby>辞<rt>や</rt></ruby>めるつもりです。

辭去
我預計明天要向公司辭職。

★ **やる**
こうなったら、やるしかないでしょ。

做、給、玩
已經這樣了，也只能做了吧。

★ **呼ぶ**
<ruby>彼<rt>かれ</rt></ruby>を<ruby>呼<rt>よ</rt></ruby>んできてください。

喊、叫
請把他叫過來。

わ 行

從わ一路讀下去吧，N3就在眼前！
拾起每頁中的超重點星星單字，一個都別想跑！

🔘 *Track 157*

中文意思

★ 沸かす
わ
風呂を沸かして入る。
ふろ　　わ　　　はい

燒熱、沸騰
燒洗澡水入浴。

Level 2
名詞

★ 忘れる
わす
そのときのことを忘れてください。
わす

忘記
請忘了那個時候的事。

Level 2
動詞
やわ

★ 渡す
わた
昨日この資料を先生に渡しました。
きのう　　しりょう　　せんせい　　わた

轉交、移交
昨天將這個資料交給老師了。

Level 2
形容詞

★ 笑う
わら
その子がずっとニコニコと笑っている。
こ　　　　　　　　　　　　　　わら

微笑
那個孩子一直笑嘻嘻。

あ行

從あいうえお一路讀下去吧，N3就在眼前！

拾起每頁中的超重點星星單字，一個都別想跑！

Track 158

中文意思

★ 明るい
あか

照明を変えたら部屋が明るくなった。
しょうめい　か　　　　へや　あか

明亮的

換了燈光之後房間變明亮了。

安全
あんぜん

パーティを開催するなら、安全なところで
かいさい　　　　　　　あんぜん

やりなさい。

安全（的）

如果要辦派對的話，請在安全的場所舉辦。

★ 一生懸命
いっしょうけんめい

一生懸命な人は必ず成功する。
いっしょうけんめい　ひと　かなら　せいこう

拼命（的）、努力（的）

如果是努力的人，一定能成功。

★ 色々
いろいろ

その公園には色々な花が咲いた。
こうえん　　　いろいろ　はな　さ

各式各樣（的）

那個公園盛開了各式各樣的花。

★ 同じ
おな

同じミスを二度と繰り返さないでください。
おな　　　　にど　く　かえ

一樣的

請不要重複犯一樣的錯誤。

美しい
うつく

その美しい女性は誰ですか。
うつく　じょせい　だれ

美麗的

那位美麗的女性是誰呢？

うるさい

音楽の音がうるさい。
おんがく　おと

吵雜的

音樂的聲音很吵雜。

嬉しい
うれ

今日は来てくれて、嬉しかった。
きょう　き　　　　　うれ

高興的

今天你過來我很高興。

おかしい

あそこに立っている人はちょっとおかしいです。

中文意思

奇怪的

站在那邊的那個人有點奇怪。

か 行

從かきくけこ一路讀下去吧，N3就在眼前！

拾起每頁中的超重點星星單字，一個都別想跑！

🔊 *Track 159*

中文意思

★ **軽い**

かばんの中身を軽くした。

輕的

我減輕了包包的重量。

★ **危険**

危険な場所に近づかないでください。

危險（的）

請不要接近危險的場所。

★ **厳しい**

その厳しい先生は独身ですか。

嚴厲的

那位嚴厲的老師是單身嗎？

濃い

町は濃い霧に包まれている。

濃的

小鎮覆蓋著濃濃的霧。

★ **怖い**

あそこは暗くて怖い。

可怕的

我覺得那個地方黑黑的很可怕。

さ行

從さしすせそ一路讀下去吧，N3就在眼前！
拾起每頁中的超重點星星單字，一個都別想跑！

Track 160

中文意思

さか
盛ん
わたし の こ きょう は のうぎょう が さか んな まち です。
私 の 故 郷 は 農 業 が 盛んな 町です。

興盛的、繁榮的
我的故鄉是個農業興盛的城鎮。

ざんねん
★ **残念**
ざんねん な けっか だったけど、いい けいけん になっ
残念な 結果だったけど、いい 経験になっ
た。

可惜（的）、悔恨（的）、遺憾（的）
雖然結果遺憾，但是個很好的經驗。

した
親しい
かのじょ は わたし の いちばんした い ゆうじん です。
彼女は 私 の 一番親しい 友人です。

親近的
她是我最親近的朋友。

じゃ ま
邪魔
じゃ ま なんだからどいて。
邪魔なんだからどいて。

妨礙（的）、打擾（的）
你很礙事，閃一邊去。

じ ゆう
自由
じ ゆう な せいかつ を おく りたい。
自由な 生活を 送りたい。

自由（的）
我想要過自由的生活。

じゅうぶん
★ **十分**
じゅうぶん な きゅうけい を と れば、き ぶん がよくなる。
十 分な 休 憩を 取れば、気 分がよくなる。

充足的
有充足的休息的話，心情就會變好。

じょう ぶ
★ **丈夫**
おじいちゃんは ななじゅうさい を 超えているが、
おじいちゃんは 七 十 歳を 超えているが、
からだ はまだ じょう ぶ だ。
体 はまだ 丈 夫だ。

健康、結實的
爺爺雖已年過七旬，身體卻還很硬朗。

★ **親切**
しんせつ

親切なおもてなしをありがとうございました。

心配
しんぱい

心配な事は山ほどあります。
しんぱい こと やま

★ **凄い**
すご

彼は凄い特技を持っている。
かれ すご とくぎ も

★ **素晴らしい**
すば

彼の提案は素晴らしいと思う。
かれ ていあん すば おも

中文意思

親切的
感謝你親切的招待。

擔心（的）
我有很多擔心的事情。

厲害的
他身懷厲害的特技。

精彩的、了不起的、優秀的
我覺得他的提案很優秀。

Level
2
名 詞

Level
2
動 詞

Level
2
形容詞

さ

た行

從たちつてと一路讀下去吧，N3就在眼前！

拾起每頁中的超重點星星單字，一個都別想跑！

Track 162

中文意思

★ 大事
だいじ

あの人はうちの大事なクライアントです。
ひと　　　　　　　　　だいじ

重要（的）、保重（的）、愛護（的）

那個人是我們公司重要的客戶。

★ 大変
たいへん

大変な時期だけど、みんなで頑張りましょう。
たいへん　　じき

不容易（的）、嚴重（的）

雖然是很艱辛的時期，但大家一起努力吧。

確か
たし

確かな情報がほしいです。
たし　　　じょうほう

明確的、確定的

我想要明確的消息。

正しい
ただ

正しい答えに直してください。
ただ　　こた　　なお

正確的

請修改為正確的答案。

★ 駄目
だめ

私は英語がからきし駄目なんです。
わたし　えいご　　　　　　だめ

無用（的）、白費（的）、不行（的）

我的英語完全不行。

★ つまらない

彼らがつまらない話ばかりしている。
かれ　　　　　　　　はなし

無聊的

他們一直在講些無聊的事。

★ 強い
つよ

日が強いから、今日は出かけたくない。
ひ　　つよ　　　　きょう　　で

強的

因為太陽很強，所以今天不想出門。

ていねい
丁寧
ていねい　い　かた　い
丁寧な言い方で言ってください。

有禮貌（的）、客氣（的）

請用有禮貌的方式説話。

てきとう
適当
てきとう　　　　い
適当なことを言わないでください。

適當（的）、隨便（的）

請不要隨便亂講話。

Level **2**
名詞

とくべつ
★ **特別**
たんじょうび　　　　　とくべつ
誕生日にとても**特別**なプレゼントをもらった。

特別（的）

在我生日時收到了很特別的禮物。

Level **2**
動詞

な行

從なにぬねの一路讀下去吧，N3就在眼前！
拾起每頁中的超重點星星單字，一個都別想跑！

Level **2**
形容詞

たな

なが
★ **長い**
あし　なが　じょせい　だれ
その足の**長い**女性は誰ですか。

長的

那位腳很長的女性是誰呢？

にが
★ **苦い**
にが　　　　ちゃ　にがて
苦いお茶が苦手です。

苦的

我討厭喝苦茶。

ねっしん
★ **熱心**
じょうし　しごと　ねっしん
上司は仕事に**熱心**だ。

熱心（的）

上司熱心工作。

ねむ
★ **眠い**
いま　　　　ねむ　　　　がまん
今とても**眠い**けど、我慢するしかない。

想睡的、睏的

雖然現在非常想睡覺，但也只能忍耐。

は行

從はひふへほ一路讀下去吧，N3就在眼前！

拾起每頁中的超重點星星單字，一個都別想跑！

Track 165

中文意思

★ 恥^はずかしい

昔^{むかし}の写真^{しゃしん}を見^みると、恥^はずかしくなる。

害羞的

我看到以前的照片就覺得很難為情。

必要^{ひつよう}

傘^{かさ}は山登^{やまのぼ}りに必要^{ひつよう}な道具^{どうぐ}です。

必要（的）

傘是登山時必要的工具。

ひどい

ひどい仕打^{しう}ちを受^うけました。

嚴重的、過分的

我受到了過分的對待。

★ 深^{ふか}い

親^{おや}を殺^{ころ}した罪^{つみ}は深^{ふか}い。

深的

殺害父母的罪孽是很深重的。

複雑^{ふくざつ}

このニュースを聞^きいて複雑^{ふくざつ}な気持^{きも}ちになった。

複雜的

聽到了這則新聞，心情變得複雜。

★ 太^{ふと}い

あの太^{ふと}い男^{おとこ}の子^こは誰^{だれ}ですか。

胖的

那個胖胖的男孩子是誰？

★ 不便^{ふべん}

この町^{まち}は空気^{くうき}はきれいだが、交通^{こうつう}は不便^{ふべん}だ。

不便的

這個城鎮雖然空氣很清新，但交通不便利。

変^{へん}

その変^{へん}なおじさんは何^{なに}をしていますか。

奇怪的、奇異的

那個奇怪的大叔在做什麼呢？

ま行

從まみむめも一路讀下去吧，N3就在眼前！

拾起每頁中的超重點星星單字，一個都別想跑！

🔘 *Track 166*

中文意思

★ **真面目**（まじめ）
森田君（もりたくん）は本当（ほんとう）に**真面目**（まじめ）な子（こ）です。

認真的
森田真是個認真的孩子。

Level 2 名詞

★ **まずい**
お姉（ねえ）さんの作（つく）った料理（りょうり）はすごく**まずい**です。

難吃的
姊姊做的料理真的很難吃。

Level 2 動詞

丸い（まるい）
その**丸**（まる）いボールは誰（だれ）のですか。

圓的
那顆圓球是誰的呢？

Level 2 形容詞

短い（みじかい）
暑（あつ）いから髪（かみ）を**短**（みじか）くした。

短的
覺得很熱所以把頭髮剪短了。

はま

★ **難しい**（むずかしい）
今回（こんかい）の試験（しけん）は本当（ほんとう）に**難**（むずか）しかったです。

難的
這次的考試真的很難。

★ **無駄**（むだ）
無駄（むだ）な努力（どりょく）は全（まった）くしたくない。

沒用（的）
我完全不想進行無用的努力。

無理（むり）
無理（むり）な要求（ようきゅう）はパワハラにあたる。

不可能（的）、不講理（的）、強迫（的）
無理的要求涉及職權霸凌。

や行

從やゆよ一路讀下去吧，N3就在眼前！

拾起每頁中的超重點星星單字，一個都別想跑！

 *Track 167*

中文意思

★ 柔らかい
やわ

柔らかい布団で寝たい。
やわ ふ とん ね

柔軟的

想要有柔軟的棉被睡覺。

よろしい

準備はよろしいですか。
じゅん び

好的

準備好了嗎？

★ 弱い
よわ

小さいときから、意志が弱いです。
ちい い し よわ

弱的

從小時候開始，我總是意志薄弱。

わ行

從わ一路讀下去吧，N3就在眼前！

拾起每頁中的超重點星星單字，一個都別想跑！

 *Track 168*

中文意思

★ 若い
わか

彼女は若いけど、体力が悪い。
かのじょ わか たいりょく わる

年輕的

她雖然年輕，但體力不好。

Level 3

登峰造極就在這一刻，
N3已在你身側

- 名詞 めいし
- 動詞 どうし
- 形容詞 けいようし

あ行

從あいうえお一路讀下去吧，N3就在眼前！

拾起每頁中的超重點星星單字，一個都別想跑！

🔘 *Track 169*

中文意思

★ **欠伸**（あくび）
田中君はあの先生の講義に欠伸が止まらなかった。

哈欠、呵欠
田中君在那位老師的課堂上哈欠打不停。

汗（あせ）
運動して汗をかくって気持ちいいですね。

汗水
運動後流了汗，感覺很好呢。

★ **暗記[する]**（あんき）
母が年を取ったけど、暗記力はとても高いです。

暗記、背誦
媽媽雖然有年紀了，但記憶力還是非常強。

★ **安定[する]**（あんてい）
安定した天気は一日しか続かなかった。

安定、穩定
穩定的天氣只維持了一天。

胃（い）
胃の調子はどうですか。

胃
你胃的狀況如何呢？

池（いけ）
父は池へ釣りに行って、家にいないんだ。

池、池塘
爸爸去池塘邊釣魚了，不在家。

★ **意見[する]**（いけん）
子供の教育について、父と母が意見を交換し合っている。

意見、看法
關於孩子的教育，父母正在互相交換意見。

Track 170

中文意思

意志（いし）
彼女は周りに流されなり意志の強い人です。
她是個不受周邊影響，意志堅強的人。

維持[する]（いじ）
運動は健康維持のために欠かせない。
維持
想維持健康，運動是不可或缺的。

★ **意識[する]**（いしき）
彼女はもう一週間意識不明だ。
意識、知覺、覺悟
她已經昏迷不醒一個禮拜了。

★ **位置[する]**（いち）
アイコンの位置を変えたい。
位置、立場
我想變更圖示的位置。

一時（いちじ）
落雷により一時停電しました。
某時、當時、一時、暫時
打雷造成暫時停電。

一度（いちど）
もう一度説明してください。
一回、一次
請再説明一次。

★ **一部**（いちぶ）
一部の社員は制度に不満を持っている。
一部份
一部份的員工對於制度感到不滿。

★ **一般**（いっぱん）
事件現場は一般人の来るところではない。
一般、普遍、普通
事發現場不是一般人該來的地方。

★ **一方**（いっぽう）
この道は一方通行です。
一方、一方面、單方面
這條路是單行道。

Level 3 名詞
あ
Level 3 動詞
Level 3 形容詞

	中文意思
★ 移動[する] ここは駐車禁止です。車を移動してください。	移動、巡迴 這邊禁止停車，請移動你的車子。
稲 おじいちゃんの仕事は稲を刈ることです。	稻子 爺爺的工作是割稻。
命 この地震で三十人が命を奪われた。	生命 這場地震奪走三十個人的生命。
★ 違反[する] あなたがやろうとしていることは法律違反です。	違反 你打算做的事情違反法律。
衣服 季節に応じて衣服を変える。	衣服 順應季節更換衣物。
印刷 これはただの印刷ミスです。	印刷 這單純是印刷的錯誤。
飲酒 二十歳未満は飲酒禁止です。	飲酒 未滿二十歲禁止飲酒。
★ 受入 新社員の受入準備はまだできていない。	接納、容納 還沒準備好接納新員工。
★ 受取 受取を忘れないでください。	收領、收據 請不要忘了收據。

うけ み
受身
どの世界でも、受身になったら負けです。

被動

無論在哪個世界，被動的話就輸了。

うちゅう
★ 宇宙
宇宙はどれぐらい大きいんですか。

宇宙

宇宙有多大呢？

うで
★ 腕
腕を組んで立つのは失礼ですよ。

胳膊、手腕、能力、腕力、本事

抱著胳膊站著是不禮貌的唷。

うりょう
雨量
昨日の雨量は100ミリを越えたって本当ですか。

雨量

昨天的降雨量超過100毫米是真的嗎？

え
絵
あの女の子は絵のように美しい。

圖畫、畫

那個女孩子如畫般漂亮。

えいえん
★ 永遠
この幸せは永遠に続くといいね。

永遠

能永遠持續這樣的幸福就好了呢。

えいきょう
★ 影響 [する]
失恋の影響で試験に落ちた。

影響

受到失戀的影響而考試落榜。

えいようぶん
★ 栄養分
味噌にはたくさんの栄養分が含まれている。

養分、滋養

味噌中含有許多養分。

Level
3
名詞

あ

Level
3
動詞

Level
3
形容詞

中文意思

延期[する]
えんき

運動会は台風のため一週間延期になった。
うんどうかい　たいふう　　　　いちしゅうかんえんき

延期
運動會因為颱風的緣故延期一星期。

演技
えんぎ

彼女の名演技が今でも忘れられない。
かのじょ　めいえんぎ　いま　わす

演技、表演、花招
她有名的演技至今仍令我難以忘懷。

演劇
えんげき

私の趣味は演劇を見ることです。
わたし　しゅみ　えんげき　み

演戲、戲劇
我的興趣是觀劇。

★ 演説[する]
えんぜつ

あの先生は演説がとてもうまい。
せんせい　えんぜつ

演講
那位老師非常擅長演講。

延長[する]
えんちょう

天候のため、日本での滞在を二日間延長する。
てんこう　　　　にほん　　　たいざい　ににちかんえんちょう

延長、延續、繼續
因為天氣的關係，在日本延長停留了兩天。

★ お祝い
いわ

友達からお祝いのメールをもらった。
ともだち　いわ

祝賀、賀禮
收到了朋友傳來的祝賀簡訊。

★ 応援[する]
おうえん

応援をお願いします。
おうえん　ねが

援助、聲援
請幫忙聲援。

応対[する]
おうたい

応対能力はすごく重要です。
おうたいのうりょく　　　じゅうよう

應對、應酬、面談
應對能力相當重要。

応用[する]
おうよう

学んだことを生活に応用する。
まな　　　　せいかつ　おうよう

應用、運用
將學習的事物應用在生活中。

おく
億
ねんしゅうじゅうおく
年収 十億はありえないでしょ。

億、喻數目多
年收十億是不可能的對
吧。

おじぎ
★ 御辞儀
えんぜつ お かる おじぎ
演説の終わりに軽く御辞儀をする。

敬禮、鞠躬
演說結束時輕輕鞠躬。

おせん
汚染[する]
いま お せんもんだい しんこく
今汚染問題はとても深刻です。

汚染
現今的汙染問題非常嚴
重。

Level
3
名　詞

あ

おんだんか
★ 温暖化
ちきゅうおんだんか えいきょう せかい
地球 温暖化の影響で、世界はどうなるん
ですか。

暖化、溫室效應
受到地球暖化的影響，
世界會變怎麼樣呢？

Level
3
動　詞

Level
3
形容詞

か行

從かきくけこ一路讀下去吧，N3就在眼前！

拾起每頁中的超重點星星單字，一個都別想跑！

Track 175

中文意思

★ 解決[する]
<ruby>解決<rt>かいけつ</rt></ruby>

この<ruby>事件<rt>じけん</rt></ruby>が<ruby>平和<rt>へいわ</rt></ruby>に<ruby>解決<rt>かいけつ</rt></ruby>できるといいね。

解決

這件事能夠和平解決的話就好了呢。

★ 改札口
<ruby>改札口<rt>かいさつぐち</rt></ruby>

<ruby>十時<rt>じゅうじ</rt></ruby>に<ruby>改札口<rt>かいさつぐち</rt></ruby>で<ruby>会<rt>あ</rt></ruby>おうね。

剪票口、剪票處

十點在剪票口見面唷。

解散[する]
<ruby>解散<rt>かいさん</rt></ruby>

<ruby>先生<rt>せんせい</rt></ruby>がその<ruby>集会<rt>しゅうかい</rt></ruby>を<ruby>解散<rt>かいさん</rt></ruby>させた。

解散、散會、取消

老師解散了那個集會。

改正[する]
<ruby>改正<rt>かいせい</rt></ruby>

<ruby>憲法<rt>けんぽう</rt></ruby>の<ruby>改正<rt>かいせい</rt></ruby>は<ruby>国民投票<rt>こくみんとうひょう</rt></ruby>によって<ruby>過半数<rt>かはんすう</rt></ruby>の<ruby>賛成<rt>さんせい</rt></ruby>を<ruby>必要<rt>ひつよう</rt></ruby>とする。

改正、修改

修改憲法必須獲得公投過半數的贊成票。

改造[する]
<ruby>改造<rt>かいぞう</rt></ruby>

<ruby>部屋<rt>へや</rt></ruby>を<ruby>改造<rt>かいぞう</rt></ruby>すると、<ruby>気分<rt>きぶん</rt></ruby>もよくなれる。

改造、改組

改造了房間，心情也會變好。

★ 会談[する]
<ruby>会談<rt>かいだん</rt></ruby>

<ruby>中日両国<rt>ちゅうにちりょうこく</rt></ruby>の<ruby>首脳<rt>しゅのう</rt></ruby>は<ruby>四月<rt>しがつ</rt></ruby>に<ruby>会談<rt>かいだん</rt></ruby>を<ruby>行<rt>おこな</rt></ruby>うことになった。

會談

中日兩國的首領將在四月時進行會談。

開封[する]
<ruby>開封<rt>かいふう</rt></ruby>

<ruby>他人<rt>たにん</rt></ruby>の<ruby>手紙<rt>てがみ</rt></ruby>を<ruby>勝手<rt>かって</rt></ruby>に<ruby>開封<rt>かいふう</rt></ruby>してはだめだ。

拆開、啟封

不行隨便拆封他人的信件。

★ **解放[する]**
かいほう

お母さんを家事から解放したい。
かあ　　　　　　　　　　かじ　　　　　かいほう

解開、放開、解除
想要讓母親從家事中解放。

改良 [する]
かいりょう

農作物の品種を改良します。
のうさくもつ　　ひんしゅ　かいりょう

改良、改善
改良了農作物的品種。

画家
がか

彼の画家になる夢は儚く破れた。
かれ　がか　　　　　ゆめ　はかな　やぶ

畫家
他成為畫家的夢想悲慘地破滅了。

Level **3**
名 詞

か

★ **価格**
かかく

今、卵の価格が高騰しています。
いま　たまご　かかく　こうとう

價格
現在雞蛋的價格高漲。

Level **3**
動 詞

化学
かがく

ナトリウムを水に入れるとどんな化学反応
みず　い　　　　　　　　　　かがくはんのう
が起こるか。
お

化學
把鈉放入水中會發生怎樣的化學變化？

Level **3**
形容詞

★ **係員**
かかりいん

何か問題があったら、係員に聞いてくださ
なに　もんだい　　　　　　　かかりいん　き
い。

負責人員、擔任專職工作的人
如果有任何問題的話，請詢問負責人員。

★ **限り**
かぎ

人間の欲望は限りがない。
にんげん　よくぼう　かぎ

限度、在～範圍內
人類的欲望永無止盡。

★ **覚悟[する]**
かくご

覚悟がないのなら、やめておけ。
かくご

領悟、覺悟、決心、斷念
你若沒有覺悟就還是放棄吧。

火事
かじ

昨日この近くで火事があったことは知って
きのう　　　ちか　　　かじ　　　　　　　　し
いますか。

火災
你知道昨天這附近有火災嗎？

中文意思

★ **箇所**
同じ種類のものを一箇所にまとめて置くのも整理整頓のポイントの一つです。

地方、～處、部份
把同類物品統一放在同一處,這也是整理的要訣之一。

★ **価値**
彼女の描いた絵は100万の価値があると思う。

價值
我覺得她畫的畫有100萬的價值。

楽器
何か楽器ができますか。

樂器
你會什麼樂器呢?

★ **各国**
ヨーロッパ各国の代表者が今月に会談を行うことになった。

各國
歐洲各國的代表於這個月進行會談。

加入 [する]
私はあなたたちの組合に加入したい。

加入
我想要加入你們的公會。

★ **可能性**
人間には無限の可能性があると思う。

能實現的希望、可能性
我覺得人類的可能性是無限的。

神
神様の存在を信じますか。

神
你相信有神的存在嗎?

観客
観客が少ないけど、一生懸命やります。

觀眾
雖然觀眾很少,但也要努去去做。

中文意思

★ 環境
かんきょう

幸せな家庭環境で子供を育てたい。
しあわ　　かていかんきょう　こども　そだ

環境

我想要在一個幸福的家庭環境養育孩子。

観察[する]
かんさつ

この機会を利用して、彼をちゃんと観察するのだ。
きかい　りよう　　かれ　　　　かんさつ

觀察

利用這個的機會，好好觀察他。

★ 感情
かんじょう

彼はいつも無表情で、感情をなかなか出さない。
かれ　　　むひょうじょう　かんじょう　　　　　だ

感情

他總是面無表情，不輕易流露感情。

★ 感心[する]
かんしん

彼の勇気に感心した。
かれ　ゆうき　かんしん

欽佩、讚美、贊成、驚人的

我很欽佩他的勇氣。

乾燥[する]
かんそう

天気が暑いので、地面はすごく乾燥している。
てんき　あつ　　　　じめん　　　　かんそう

乾燥

因為天氣很熱，所以地面很乾燥。

観測[する]
かんそく

私の観測では一秒後に大きな波が来る。
わたし　かんそく　　いちびょうご　おお　　なみ　く

觀測、觀察

就我的觀測，一秒後會有一波大浪。

★ 缶詰
かんづめ

缶切りがないからスプーンで缶詰を開けた。
かんき　　　　　　　　　　　かんづめ　あ

罐頭、關在～

沒有開罐器所以用湯匙打開了罐頭。

★ 感動[する]
かんどう

この映画を見て、感動して泣いた。
えいが　み　　かんどう　な

感動

看了這部電影，感動地落了淚。

Level
3
名　詞

か

Level
3
動　詞

Level
3
形容詞

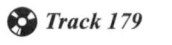

	中文意思
★ 監督 かんとく 先生の監督の下で実験を行う。 せんせい かんとく もと じっけん おこな	監督、導演、領隊 在老師的監督之下進行實驗。
★ 管理[する] かんり 森林を管理するのが彼の仕事です。 しんりん かんり かれ しごと	管理、掌管 管理森林是他的工作。
関連[する] かんれん 農作物の生長は天候と大きな関連がある。 のうさくもつ せいちょう てんこう おお かんれん	關聯、聯繫 農作物的生長與氣候大有關聯。
議員 ぎいん 私の父親は参議院の議員です。 わたし ちちおや さんぎいん ぎいん	議員 我的父親是參議院的議員。
記憶[する] きおく 彼はまだ若いのに、記憶力が悪い。 かれ わか きおくりょく わる	記憶、記性 他雖然還年輕，但記憶力不好。
期間 きかん 彼が主任をつとめる期間はわずか半年だった。 かれ しゅにん きかん はんとし	期間 他擔任主任的期間僅僅只有半年。
★ 期限 きげん 牛乳の消費期限を確認してね。 ぎゅうにゅう しょうひきげん かくにん	期限 請確認牛奶的有效期限。
危険性 きけんせい この企画の危険性を考えていますか。 きかく きけんせい かんが	危險性 你有考量這個企畫的危險性嗎？
★ 気候 きこう 台湾は一年を通して温暖な気候です。 たいわん いちねん とお おんだん きこう	氣候 臺灣的氣候一年四季都很溫暖。

岸
こんな天気で岸に立つのは危ないです。

岸、崖
在這樣的天氣下，站在岸邊是危險的。

★ 記事
気になる記事を切り抜いてノートに貼り付ける。

（報章雜誌上的）記敘文章、報導
把有興趣的報導剪下來貼在筆記本上。

Level 3 名詞
か

★ 期待[する]
親はみんな子供の成功を期待している。

期待
所有的雙親都期待著自己小孩的成功。

Level 3 動詞

帰宅[する]
いつ頃ご帰宅なさいますか。

回家
您什麼時候要回家呢？

Level 3 形容詞

★ 貴重品
貴重品は金庫に入れるべきだ。

貴重的物品
貴重的物品應該要放進保險箱。

記念[する]
これは高校の卒業旅行のときの記念写真です。

紀念
這個是高中畢業旅行時的紀念照片。

★ 希望[する]
入社を希望します。

期望、期待、希望
希望進入貴公司工作。

休憩[する]
ちょっと休憩しましょう。

短時間的休息
稍微休息一下吧。

救助[する]
天候不良でヘリでの救助ができない。

救助、拯救
天候不佳，無法利用直升機進行救助。

	中文意思
きゅうそく **急速** くに こうれいか きゅうそく すす わが国では高齢化が急速に進んでいる。	迅速、急速 我國正在急遽高齡化。
きょういく **教育[する]** か ていきょういく せいかい 家庭教育には正解がありません。	教育 家庭教育有沒有正確答案。
きょうきゅう **供給[する]** きょう ごごにじ でんりょく きょうきゅう いちじてい 今日の午後二時から電力の供給を一時停 し 止します。	供給 今天下午兩點開始，電力供給會暫時停止。
きょうそう **競争[する]** しょうばい せかい きょうそうはげ 商売の世界では競争激しいです。	競爭 商業世界的競爭很激烈。
きょうりょく ★ **協力[する]** きょうりょく せいこう おさ みんな協力のおかげで成功を収めること ができました。	合作、共同努力 多虧有大家的合作，才得以成功。
きょか ★ **許可** きょか へや はい 許可がなければ、この部屋に入ってはいけ ない。	許可、允許 如果沒有許可的話，不能進入這個房間。
きろく ★ **記録[する]** かれ ひゃく じゆうがた きろくほじしゃ 彼は百メートル自由形の記録保持者である。	記載、記錄 他是百米自由式的記錄保持人。
きんし ★ **禁止[する]** ちゅうしゃきんし ここは駐車禁止です。	禁止 這邊禁止停車。
くうき ★ **空気** こうざん くうき きはく 高山では空気が希薄になる。	空氣 高山上空氣稀薄。

空港
くうこう

二時くらいに成田空港に到着する。
にじ　　　　　　なりた　くうこう　　とうちゃく

機場

大約兩點抵達成田機場。

★ **偶然**
ぐうぜん

こんな所でお会いするなんて偶然ですね。
ところ　　あ　　　　　　　　　　ぐうぜん

偶然

真是巧啊，居然會在遇見你。

茎
くき

この植物の茎が食べられますか。
しょくぶつ　くき　た

莖、柄、梗、稈

這個植物的莖能吃嗎？

草
くさ

牛の主食が草です。
うし　しゅしょく　くさ

草

牛的主食是草。

★ **癖**
くせ

彼女はサインの最後にハートマークを描く
かのじょ　　　　　　さいご

癖がある。
くせ

習慣、毛病

她有在簽名末端畫愛心符號的習慣。

管
くだ

管で水を吸い上げる。
くだ　みず　す　あ

管子

用管子把水吸上來。

★ **工夫[する]**
く　ふう

短時間で手間なくお弁当を作るには工夫が
たんじかん　てま　　　　　べんとう　つく　　　　　くふう

必要です。
ひつよう

動腦筋、想辦法

想要短時間輕鬆做好便當得花點腦筋。

敬意
けいい

あの偉大な科学者に敬意を表する。
いだい　かがくしゃ　けいい　ひょう

敬意

向那位偉大的科學家表達敬意。

★ **景気**
けいき

今年の景気はよくなった。
ことし　けいき

景氣

今年景氣好轉了。

Level **3** 名詞

か

Level **3** 動詞

Level **3** 形容詞

傾向
けいこう

この図は景気が回復の傾向にあることを示している。

傾向、趨勢

這張圖顯示了景氣恢復的趨勢。

★ 警告[する]
けいこく

たばこを吸うなと母に警告された。

警告、提醒

我被媽媽警告不要抽菸。

★ 経済
けいざい

バブル景気は日本の経済に対して影響力があります。

經濟

泡沫經濟對於日本的經濟來説具有影響力。

芸術
げいじゅつ

この作品は芸術的価値が高い。

藝術

這件作品具有很高的藝術價值。

血液
けつえき

白血病はいわゆる血液のガンです。

血液

白血病就是所謂的血癌。

★ 結果
けっか

この成功はみんなの努力の結果によるものだ。

結果、結局

這次的成功是大家努力的結果。

★ 結局
けっきょく

結局は家が一番落ち着く。

結果、到底、究竟

結果還是自己家最好。

★ 欠点
けってん

人間誰しも欠点がある。

缺點、不及格的分數

只要是個人就會有缺點。

中文意思

★ 結論[する]
けつろん

みんなで話し合って結論が出た。
はな　あ　　　　けつろん　で

結論
大家相互討論並得出了結論。

煙
けむり

機関車がから出る煙は汚染源の一つです。
きかんしゃ　　で　けむり　おせんげん　ひと

煙、煙霧
火車頭所排放的煙霧是汙染源之一。

限界
げんかい

我慢の限界はどこまでですか。
がまん　げんかい

界限、範圍、限度
你可以忍耐的限度是到哪邊呢？

研究所
けんきゅうじょ

この研究所はロボット工学に取り組んでいます。
けんきゅうじょ　　　　こうがく　と　く

研究所
這間研究所致力於機器人工學。

★ 健康
けんこう

たばこは健康を害する。
けんこう　がい

健康
香菸對健康有害。

★ 検査[する]
けんさ

症状はないが、念のためPCR検査を受けた。
しょうじょう　　　　ねん　　　　　けんさ　う

檢查
雖然沒有症狀，但為了保險還是做了PCR檢查。

★ 現実
げんじつ

現実を見なさい。それはとても厳しいのよ。
げんじつ　み　　　　　　　　　　きび

現實、實際
我希望你看看現實，是非常嚴峻的。

現象
げんしょう

それは思春期の一時的な現象で心配はいらない。
ししゅんき　いちじてき　げんしょう　しんぱい

現象
請不要擔心，那是青春期的暫時現象。

建築家
けんちくか

兄は有名な建築家です。
あに　ゆうめい　けんちくか

建築家
哥哥是有名的建築師。

Level 3 名詞
か

Level 3 動詞

Level 3 形容詞

★ 限定[する]
げんてい

それは限定商品です。なるべく早く買った
ほうがいい。

限定
那是限定商品，盡量早
一點買比較好。

憲法
けんぽう

表現の自由は憲法で保障されている。

憲法
言論自由受憲法所保
障。

権利
けんり

私にも相手を選ぶ権利がある。

權利
我也有權利選擇對象。

幸運
こううん

彼女は私の幸運の女神だ。

幸運、僥倖
她是我的幸運女神。

公演[する]
こうえん

あの交響楽団の東京公演がすごく楽しみ
です。

公演
非常期待那個交響樂團
在東京的公演。

★ 効果
こうか

この薬は頭痛にかなりの効果がある。

效果、功效
這款藥對頭痛相當有
效。

★ 高学歴
こうがくれき

高学歴の人は傲慢な人が多いと思う。

高學歷
我覺得在高學歷的人之
中，有很多傲慢的人。

★ 交換[する]
こうかん

クリスマスにプレゼント交換しようよ。

更換、交換、互換
聖誕節來交換禮物吧。

後期
こうき

その服装は江戸時代後期に流行った。

後期、後半期
那款服裝流行於江戸時
代後期。

★ **工業**（こうぎょう）

この町は自動車工業が盛んだ。

工業

這座城鎮汽車工業興盛。

交差[する]（こうさ）

二本の道が十字形に交差している所は十字路という。

交叉

兩條路十字交叉處就稱為十字路口。

鉱山（こうざん）

この鉱山はとっくに掘り尽された。

礦山

這座礦山早就被開採完了。

公私（こうし）

公私を混同するのはどうかと思うよ。

公私

你這樣公私不分我覺得不太好喔。

★ **公式**（こうしき）

この公式をちゃんと覚えてください。

正式、公式

請確實記住這個公式。

公衆（こうしゅう）

最近公衆電話を見かけなくなった。

公共、公眾

最近都沒看到公共電話了。

★ **高所**（こうしょ）

私は高所恐怖症ではしごにも登れない。

高處、高的立場

我有懼高症，連梯子都不敢上去。

公平（こうへい）

裁判官は公平な判決を出さなければいけない。

公平

法官必須做出公平的判決。

★ **交流[する]**（こうりゅう）

あの大学との交流会に参加してみませんか。

交流

要不要參加看看和那間大學的交流活動呢？

Level **3** 名詞

か

Level **3** 動詞

Level **3** 形容詞

★ **呼 吸 [する]**
こきゅう

緊張しないで、深呼吸してください。
きんちょう　　　　　　しんこきゅう

呼吸
請不要緊張，深呼吸。

★ **腰**
こし

このワンピースは腰のところにリボンが付
　　　　　　こし
いていてとてもかわいいです。

腰
這件洋裝腰間有個蝴蝶
結很可愛。

★ **米**
こめ

日本人の主食は米だ。
にほんじん　しゅしょく　こめ

米
日本人的主食是米飯。

★ **混雑[する]**
こんざつ

この時間の電車はとても混雑している。
じかん　でんしゃ　　　　こんざつ

混雜、擁擠、糾紛
這個時間的電車相當擁
擠。

混乱[する]
こんらん

火事の現場が大混乱だ。近づかないでくだ
かじ　げんば　だいこんらん　　ちか
さい。

混亂
火災現場相當混亂，請
不要靠近。

さ行

從さしすせそ一路讀下去吧，N3就在眼前！

拾起每頁中的超重點星星單字，一個都別想跑！

Track 188

中文意思

★ **財産**（ざいさん）
自分の財産（ざいさん）をちゃんと管理（かんり）しないとだめです。

財產
不好好管理自己的財產是不行的。

Level 3 名詞 さ

★ **最大**（さいだい）
それは戦後最大（せんごさいだい）の事故（じこ）だ。

最大
那是戰後發生的最大事故。

Level 3 動詞

★ **最低**（さいてい）
一ヶ月（いっげつ）に最低（さいてい）二万円（にまんえん）の生活費（せいかつひ）が必要（ひつよう）です。

最低、差勁
一個月至少必須要有兩萬日圓的生活費。

Level 3 形容詞

★ **財布**（さいふ）
そのブランド財布（さいふ）は高（たか）いでしょ。

錢包
那個名牌錢包很貴吧。

採用[する]（さいよう）
私（わたし）の提案（ていあん）を採用（さいよう）してほしい。

採用
希望你能採用我的提案。

坂（さか）
彼（かれ）の学校（がっこう）は坂（さか）の上（うえ）にあった。

坡、斜坡
他的學校在斜坡上面。

境（さかい）
ある日（ひ）を境（さかい）にあの子（こ）から笑顔（えがお）が消（き）えた。

界線、境界
以某天為界，那孩子臉上不再出現笑容。

★ **作品**（さくひん）

三年（さんねん）かかって、やっとこの作品（さくひん）を完成（かんせい）した。

製成品、作品

花了三年，總算完成了這件作品。

作物（さくもつ）

日本（にほん）の主（おも）な作物（さくもつ）は何（なん）ですか。

農作物

日本的主要農作物是什麼呢？

左右[する]（さゆう）

交差点（こうさてん）では左右（さゆう）の安全（あんぜん）を確認（かくにん）しましょう。

左右、旁邊、身邊

在十字路口確認左右的安全。

作用[する]（さよう）

このボタンは何（なん）の作用（さよう）がありますか。

作用

這個按鈕有什麼作用呢？

★ **参加[する]**（さんか）

昔（むかし）と違（ちが）って、最近（さいきん）の若者（わかもの）は会社（かいしゃ）の飲（の）み会（かい）にあまり参加（さんか）しない。

參加

和以前不同，最近的年輕人都不太參加公司的聚餐。

★ **賛成[する]**（さんせい）

私（わたし）は彼（かれ）の意見（いけん）に賛成（さんせい）だ。

贊成、贊同

我贊同他的意見。

潮（しお）

気（き）をつけて、潮（しお）が満（み）ちてくるよ。

潮（水）、潮汐

請小心，要漲潮了唷。

★ **資格**（しかく）

美容師（びようし）になるには、何（なに）か資格（しかく）が必要（ひつよう）ですか。

資格

要成為美容師的話，有什麼必要的資格條件呢？

★ **時期**（じき）

もう卒業（そつぎょう）の時期（じき）ですね。

時期、季節、期間

已經是畢業的季節了呢。

★ **時刻**（じこく）

ただいまの時刻（じこく）は午前九時（ごぜんく じ）三十五分（さんじゅうごふん）です。

時刻、時候、機會、時機

現在時刻是上午九點三十五分。

★ **自信**（じしん）

私（わたし）が日本語（にほんご）に自信（じしん）がある。

自信、信心

我對我的日語有自信。

★ **地震**（じしん）

昨日（きのう）の地震（じしん）が怖（こわ）かった。

地震

昨天的地震很可怕。

実感[する]（じっかん）

今回（こんかい）の事件（じけん）を通（つう）じて彼（かれ）の大切（たいせつ）さを実感（じっかん）した。

真實感覺

透過這次的事件，我才真實感受到他的重要性。

実現[する]（じつげん）

戦争（せんそう）のない世界（せかい）を実現（じつげん）したい。

實現

我想實現一個沒有戰爭的世界。

実行[する]（じっこう）

その理論（りろん）を実行（じっこう）に移（うつ）す。

實際執行、實踐

將那個理論付諸實行。

実際（じっさい）

実際（じっさい）にやってみよう。

實際、事實

來實際做做看吧。

湿度（しつど）

絶対湿度（ぜったいしつど）という概念（がいねん）をわかりやすく説明（せつめい）してください。

溼度

請將絕對溼度的概念以容易理解的方式進行說明。

★ **実用**（じつよう）

デザインよりも実用性（じつようせい）を重視（じゅうし）したい。

實用

比起設計我想更看重實用性。

★ 指摘[する]
してき

誤りがあったら、指摘してください。
あやま　　　　　　　　　　してき

指摘、指出

如果有錯誤的話，請指出來。

指導[する]
しどう

先生のご指導にとても感謝しています。
せんせい　しどう　　　　　　　かんしゃ

指導、指教、領導

我相當感謝老師的指導。

★ 死亡[する]
しぼう

セウォル号沈没事故で３０４人が死亡しました。
ごうちんぼつじこ　さんびゃくよんにん　しぼう

死亡

世越號沉沒事故中有304人身亡。

姉妹
しまい

私は三人姉妹です。
わたし　みにんしまい

姉妹、有共同點的兩個（或以上）事物

我們是三姊妹。

★ 自慢[する]
じまん

母は料理の腕を自慢している。
はは　りょうり　うで　じまん

自大、吹噓、自豪

我媽以自己的料理手藝為傲。

地面
じめん

さっき雨が降ったから、地面が濡れている。
あめ　ふ　　　　　　じめん　ぬ

地面、土地

因為剛才下了雨，地面是濕的。

★ しゃっくり[する]

どうしよう、しゃっくりが止まらない。
と

打嗝

怎麼辦，我無法停止打嗝。

★ 習慣
しゅうかん

早寝早起きの習慣を身につけたい。
はやねはやお　しゅうかん　み

習慣、風俗

我想養成早睡早起的習慣。

住宅
じゅうたく

田園調布は都内有数の高級住宅街です。
でんえんちょうふ　と　ないゆうすう　こうきゅうじゅうたくがい

住宅

田園調布是東京都內屈指可數的高級住宅區。

終点
しゅうてん

この列車の終点はどこですか。

終點

這列車的終點在哪裡呢？

周辺
しゅうへん

この町の周辺はとても便利です。

周圍、附近

這座城鎮的周圍相當便利。

住民
じゅうみん

その住宅地の住民はほとんど外国人だ。

住民、居民

那個住宅區的居民大多是外國人。

★ 終了 [する]
しゅうりょう

よかった、父の手術は無事に終了した。

終了、完了、結束

太好了，爸爸的手術平安結束。

重量
じゅうりょう

この携帯の重量がとても軽いです。

重量

這個手機的重量相當輕。

★ 手術 [する]
しゅじゅつ

あしたひざの手術を受ける予定です。

手術

預定明天要進行膝蓋的手術。

★ 首相
しゅしょう

彼女の父親は首相です。

首相、內閣總理大臣

她的父親是首相。

★ 手段
しゅだん

目的を達成するためには手段を選ばない。

手段、方法

為了達成目的不擇手段。

出場 [する]
しゅつじょう

彼氏がスポーツ選手で、今度のオリンピックに出場するのだ。

出場、上場

我男朋友是運動選手，會在這次的奧運上場。

中文意思

Level 3 名詞

さ

Level 3 動詞

Level 3 形容詞

中文意思

首都
しゅと

アメリカの首都はどこですか。

首都、首府

美國的首都是哪裡呢？

寿命
じゅみょう

平均寿命が一番長い動物は何ですか。
へいきんじゅみょう　いちばんなが　どうぶつ　なん

壽命、物品的耐用期限

平均壽命最長的動物是什麼呢？

★ 順番
じゅんばん

順番を守ってください。
じゅんばん　まも

順序、先後、輪班、依序

請依序排好隊。

★ 状況
じょうきょう

今の状況はちょっと微妙ですね。
いま　じょうきょう　びみょう

情況、狀況、環境

現在的狀況有點微妙呢。

消極
しょうきょく

そんな消極的なままでは問題は何も解決しない。
しょうきょくてき　もんだい　なに　かいけつ

消極

繼續消極下去是無法解決問題的。

★ 条件
じょうけん

彼の提案はボスの条件に合わない。
かれ　ていあん　じょうけん　あ

條件

他的提案不符合老闆的條件。

乗車券
じょうしゃけん

記念乗車券を買うために、徹夜しました。
き　ねんじょうしゃけん　か　てつや

車票

為了購買紀念車票而熬夜。

症状
しょうじょう

母の症状が急に悪化してしまいました。
はは　しょうじょう　きゅう　あっか

症狀

媽媽的症狀突然惡化。

★ 上達[する]
じょうたつ

日本語がぐんぐん上達しています。
にほんご　じょうたつ

進步、上進

我的日語穩定進步著。

日文	中文意思
しょうちょう **象徴[する]** ハトは平和の象徴とされている。	象徴 鴿子被視為和平的象徵。
しょうてん **焦点** こんかい 今回はカスタマーサービスの向上に焦点 あ を当てます。	焦點、中心、目標 這次將聚焦在客服品質的提升。
しょうひしゃ **消費者** ちきゅう まも 地球を守るために、私たち消費者は何が できるでしょうか。	消費者 我們這些消費者能為保護地球做些什麼呢？
★ しょうひん **商品** みせ しんしょうひん しなぞろ この店は新商品の品揃えがいい。	商品 這間店的新商品齊全。
★ じょうほう **情報** わたし しごと じょうほう あつ 私の仕事は情報を集まることだ。	訊息、消息 我的工作是蒐集訊息。
しょうめん **正面** へや しょうめん ふじさん み この部屋の正面に富士山が見える。	正面、對面、直接了當 這間房間的正面可以看見富士山。
★ しょうらい **将来** しょうらい ひと 将来どんな人になりたいですか。	將來、未來 你將來想要成為什麼樣的人呢？
しょくば **職場** こども う に げつ しょくば ふっき 子供を産んで二ヶ月で職場に復帰した。	工作場所、 工作崗位 生完小孩兩個月後，就回到了職場。

Level **3** 名詞

さ

Level **3** 動詞

Level **3** 形容詞

197

中文意思

★ **食品**
しょくひん
加工食品は体によくないです。

食品
加工食品對身體不好。

★ **植物**
しょくぶつ
植物園では珍しい植物が見られる。

植物
植物園裡能夠看到珍稀的植物。

★ **処理[する]**
しょり
生ゴミはどうやって処理すればいいのですか。

處理、辦理
廚餘要怎麼處理才好呢？

資料
しりょう
みんなは研究のために資料を集めています。

資料
大家為了做研究，正在蒐集資料。

進出[する]
しんしゅつ
彼はこの曲で音楽界に進出した。

進入、侵入、新出現
他憑藉著這首歌曲進入歌壇。

★ **人生**
じんせい
人生はつらいけど楽しい。

人生、人的一生、人的生活
人生雖苦但仍有快樂。

慎重
しんちょう
未来に対して慎重な態度を取らなければならない。

慎重、小心、謹慎
對於未來採取慎重的態度。

★ **進歩[する]**
しんぽ
数学が大いに進歩しました。

進步
數學有很大的進步。

じんめい
人命
じんめい　　そんちょう
人命を尊重してください。

人命
請尊重人命。

しんり
★ 心理
し しゅん き とくゆう　　しんり
それは思春期特有の心理です。

心理
那是青春期特有的心理。

すいえい
水泳[する]
わたし　　しゅみ　　すいえい
私の趣味は水泳である。

游泳
我的興趣是游泳。

Level 3 名 詞
さ

すいへい
水平
うで　　じめん　　すいへい　　たも　　　い す　 すわ
腕を地面と水平に保ち、椅子に座るイメージ
でしゃがみます。

水平、平坦
將手臂和地面保持水平，像坐椅子一樣下蹲。

Level 3 動 詞

すがた
★ 姿
かのじょ　　うし　　すがた　　　きんちょう　　つた
彼女の後ろ姿から緊張が伝わってきた。

姿態、風采、舉止、裝扮、身影、面貌
從背影就能看出她很緊張。

Level 3 形容詞

す　　ま
★ 透き間
す ま　　　　　ひかり　　も
カーテンの透き間から光が漏れた。

縫、間（縫）隙、空暇
光從窗簾縫隙中透了進來。

せいかく
★ 性格
かれ　　せいかく　　あか
彼は性格が明るくてみんなに好かれている。

性情、性格、性質、特性
他的性格開朗，在眾人中很受歡迎。

せいき
★ 世紀
に じゅうに せいき
もうすぐ二十二世紀になります。

世紀、時代
很快就要二十二世紀了。

請求 [する]
せいきゅう

架空の名目でお金を請求するのはよくある
かくう　めいもく　　　　かね　せいきゅう
詐欺の手口です。
さぎ　てぐち

請求、要求、索取
利用虛假的名目索討金錢是常見的詐欺手法。

★ 税金
ぜいきん

税金を納めるのは国民の義務です。
ぜいきん　おさ　　　　こくみん　ぎむ

税款、稅金
繳納稅金是人民的義務。

★ 成功 [する]
せいこう

今回のコンサートは大成功でした。
こんかい　　　　　　　　　だいせいこう

成功、成就
這次的演唱會非常成功。

星座
せいざ

鈴木さんの星座は何ですか。
すずき　　　　せいざ　なん

星座、星宿
鈴木先生的星座是什麼呢？

生産 [する]
せいさん

私が住んでいる町はガラスを生産している。
わたし　す　　　　　まち　　　　　　　せいさん

生產、製造
我居住的城鎮生產玻璃。

★ 精神
せいしん

彼女は嫁姑問題で精神的に追い詰められ
かのじょ　よめしゅうとめもんだい　せいしんてき　お　つ

ている。

精神
她因為婆媳問題，精神上被逼到了極限。

★ 製造 [する]
せいぞう

この会社は車の部品を製造しています。
かいしゃ　くるま　ぶひん　せいぞう

製造、生產
這間公司生產汽車零件。

★ 成長 [する]
せいちょう

息子が早くの成長することを期待している。
むすこ　はや　　せいちょう　　　　　きたい

成長、成熟
我期待兒子快點長大。

性能
せいのう

この車は性能がいい。
くるま　せいのう

性能、效能
這臺車性能很好。

中文意思

★ 政府（せいふ）
政府のコロナ対策についてメディアが批判している。

政府
媒體批評政府的新冠肺炎對策。

性別（せいべつ）
年齢と性別を記入してください。

性別
請填入年齡與性別。

整理[する]（せいり）
引き出しを整理していたらへそくりが出てきた。

整理、整頓、清理
整理抽屜時，找到了私房錢。

★ 咳（せき）
娘が咳をしています。

咳
我女兒在咳嗽。

★ 責任（せきにん）
それは保護者の責任でしょ。

責任
那是監護人的責任吧。

★ 積極（せっきょく）
今度のイベントに積極的に参加してください。

積極
請積極參與此次的活動。

設計[する]（せっけい）
この建築を設計した人はだれですか。

設計、規劃
設計這棟建築的人是誰呢？

接触[する]（せっしょく）
電気が切れた。接触が悪いのかな。

接觸、來往、交際
燈滅了，是接觸不良嗎？

★ 絶対（ぜったい）
上官の命令には絶対服従しなければならない。

絕對
必須要絕對服從上級的命令。

Level 3 名詞

Level 3 動詞

Level 3 形容詞

さ

	中文意思
専攻[する]（せんこう） 私 の専攻は日本語です。 （わたし　せんこう　にほんご）	**専攻、專門研究** 我專攻日語。
★ **全国**（ぜんこく） 台風による農作物の被害は全国各地で起きた。 （たいふう　のうさくぶつ　ひがい　ぜんこくかくち　お）	**全國** 因為颱風的關係，全國各地的農作物都受到損害。
選手（せんしゅ） 彼氏がオリンピック選手です。 （かれし　せんしゅ）	**選手、運動員** 我男朋友是奧運選手。
★ **戦争[する]**（せんそう） ロシアとウクライナは今戦争 中です。 （いません　そうちゅう）	**戰爭** 俄羅斯和烏克蘭現在處於戰爭之中。
★ **全体**（ぜんたい） 会社全体の意見をまとめてから、提出してください。 （かいしゃぜんたい　いけん　ていしゅつ）	**全身、全體、整體、整個** 請把公司全體的意見彙整好後提交上來。
★ **全部**（ぜんぶ） 全部忘れてしまいました。 （ぜんぶわす）	**全部** 我全部都忘記了。
相応（そうおう） そろそろ年相応の服装にしなきゃ。 （としそうおう　ふくそう）	**相稱** 是時候該改穿符合自己年紀的衣服了。
増加[する]（ぞうか） 水際対策緩和が訪日外国人増加のきっかけとなった。 （みずぎわたいさくかんわ　ほうにちがいこくじんぞうか）	**增加** 邊境管制的放寬成為訪日外國人增加的契機。
操作[する]（そうさ） 指示に 従って、機械を操作する。 （しじ　したが　きかい　そうさ）	**操作、操縱** 按照指示操作機器。

★ **想像[する]**
そうぞう

彼女は想像力豊か。
かのじょ　そうぞうりょくゆた

想像

她是想像力豐富的人。

★ **底**
そこ

私のネックレスが海の底に沈んだ。
わたし　　　　　　　　　　うみ　そこ　しず

底部、底面、
底層、深處、極限

我的項鍊沉入了海底。

損害[する]
そんがい

今回の台風で約八千万円の損害が出た。
こんかい　たいふう　やくはっせんまんえん　そんがい　で

損害、損傷、損失

這次的颱風造成約八千萬日圓的損失。

★ **尊敬[する]**
そんけい

先生の才能をすごく尊敬している。
せんせい　さいのう　　　　　そんけい

尊敬、恭敬

我非常尊敬老師的才能。

★ **存在[する]**
そんざい

みんな彼の存在を無視している。
かれ　そんざい　むし

存在

大家無視於他的存在。

Level **3**
名　詞

さ

Level **3**
動　詞

Level **3**
形容詞

た行

從たちつてと一路讀下去吧，N3就在眼前！
拾起每頁中的超重點星星單字，一個都別想跑！

🎵 *Track 201*

中文意思

★ **対策[する]**
たいさく
同じ事故が再発しないように対策を講じる。
おな　じこ　さいはつ　たいさく　こう

對策、對應的方法
擬定對策以防同樣的事故再度發生。

体積
たいせき
この容器の体積はどれぐらいですか。
ようき　たいせき

體積
這個容器的體積是多少呢？

★ **態度**
たいど
みんな彼の態度に不満がある。
かれ　たいど　ふまん

態度、舉止、舉動
大家對他的態度感到不滿。

代表[する]
だいひょう
彼女は学校の代表として演説コンテストに出た。
かのじょ　がっこう　だいひょう　えんぜつ　で

表示
她作為學校的代表，參加演講比賽。

★ **太陽**
たいよう
太陽は東から昇るのは常識だよ。
たいよう　ひがし　のぼ　じょうしき

太陽
太陽從東邊升起是常識吧。

大陸
たいりく
１４９２年、コロンブスがアメリカ大陸を発見した。
せんよんひゃくきゅうじゅうにねん　たい　りく　はっけん

大陸
1492年，哥倫布發現美洲大陸。

★ **戦い**
たたか
脳卒中は時間との戦いです。
のうそっちゅう　じかん　たたか

戰爭、戰鬥
腦中風是場和時間的搏鬥。

たね
種
イチゴの種を買いに行く。

種子
去購買草莓的種子。

たば
束
まきを束にする。

把、捆
將木柴捆起來。

だんたい
団体
一人旅より、団体旅行のほうが安全だ。

團體、集體
比起一個人，團體旅行比較安全。

Level 3 名詞

た

★ たんとう
担当[する]
彼はその事件の担当検察官です。

承擔、擔當
他是負責那起事件的檢察官。

Level 3 動詞

ちいき
地域
所得においても地域格差がありますか。

地區、區域、地帶
收入方面也有地區上的差異嗎？

Level 3 形容詞

★ ちえ
知恵
お願いだから、知恵を貸してください。

智慧、智力、主意
拜託你了，請幫忙出個主意。

★ ちきゅう
地球
地球は二十四時間で一回転するのは常識だ。

地球
地球每二十四小時自轉一圈是常識。

★ ちこく
遅刻[する]
あしたは遅刻しないでください。

遲到
明天請不要遲到。

★ ちゅうし
中止[する]
雨のため今日の運動会は中止になった。

中止、中途停止
因為下雨的關係，中止了今天的運動會。

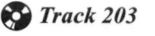

	中文意思
★ 中心（ちゅうしん） 駅（えき）は市（し）の中心（ちゅうしん）にある。	中心、重心、要點、內心 車站在市中心。
長期（ちょうき） 長期（ちょうき）に渡（わた）った戦争（せんそう）は、やっと幕（まく）を閉（と）じた。	長期 延年不斷的戰爭總算是落幕了。
調査（ちょうさ）[する] 彼女（かのじょ）の身辺調査（しんぺんちょうさ）をしている。	調查 我在調查她的身家背景。
★ 長所（ちょうしょ） 負（ま）けず嫌（ぎら）いは短所（たんしょ）でもあり、長所（ちょうしょ）でもある。	長處、優點 不服輸是缺點，同時也是優點。
頂上（ちょうじょう） 山（やま）の頂上（ちょうじょう）に登（のぼ）ったことがありますか。	山頂、頂峰、頂點 你有攀爬到山頂過嗎？
調節（ちょうせつ）[する] エアコンで温度（おんど）を調節（ちょうせつ）する。	調節、調整 用空調調節溫度。
★ 頂戴（ちょうだい）[する] こんなにきれいな花（はな）を頂戴（ちょうだい）しまして、ありがとうございます。	領受、接受 謝謝你送給我這麼漂亮的花。
頂点（ちょうてん） あの歌手（かしゅ）の人気（にんき）はこれで頂点（ちょうてん）に達（たっ）したでしょう。	頂點、頂峰、極點 那位歌手的人氣就此達到頂峰了吧。

中文意思

長男
ちょうなん

田中君は長男ですか。
たなかくん　ちょうなん

長子

田中是長子嗎？

★ 貯金[する]
ちょきん

毎月収入の一部を貯金する習慣がある。
まいつきしゅうにゅう　いちぶ　ちょきん　しゅうかん

存錢、把錢存在郵局

我有將每月收入的一部份存起來的習慣。

著者
ちょしゃ

あの小説の著者はだれですか。
しょうせつ　ちょしゃ

作者

那部小說的作者是誰呢？

★ 地理
ちり

その先生は台湾の地理に明るい。
せんせい　たいわん　ちり　あか

地理、地方情形

那位老師熟知臺灣地理。

★ 追加[する]
ついか

すみません、ビールを二本追加したいです。
にほんついか

追加、追捕

不好意思，我想要追加兩瓶啤酒。

通過[する]
つうか

台風の中心が北海道を通過した。
たいふう　ちゅうしん　ほっかいどう　つうか

通過、經過

颱風眼經過了北海道。

★ 都合
つごう

山田君はいつも自分の都合だけを考える自
やまだくん　じぶん　つごう　かんが　じ
分勝手な人です。
ぶんかって　ひと

關係、理由、情況、方便

山田君總是依照自己的情況做決定，是個任性的人。

★ 罪
つみ

彼は一生罪を背負って生きていかなければ
かれ　いっしょうつみ　せお　い
ならなんだ。

惡行、罪行、罪過

他得一輩子背負著罪過活下去。

Level **3** 名詞

た

Level **3** 動詞

Level **3** 形容詞

	中文意思
定期（ていき） このイベントは**定期的**（ていきてき）に**開催**（かいさい）される。	定期 這項活動定期舉辦。
停車（ていしゃ）[する] **次**（つぎ）の**停車駅**（ていしゃえき）は**渋谷**（しぶや）でございます。	停車 下一站將於澀谷停車。
でこぼこ[する] そこの**道**（みち）がでこぼこしている。	凹凸不平、不平均 那裡的道路凹凸不平。
★ **手品**（てじな） 彼はパーティーでオリジナルの**手品**（てじな）を**披露**（ひろう）した。	戲法、魔術、欺騙、手法、詭計 他在派對上表演了他獨創的魔術。
★ **手近**（てぢか） この**箱**（はこ）を**手近**（てぢか）に**置**（お）いてください。	手邊、身邊、常見 請將這個箱子放置在手邊。
★ **手間**（てま） この**仕事**（しごと）はたいへん**手間**（てま）がかかります。	勞力、工夫、人手 這項工作很費工夫。
伝記（でんき） ワシントンの**伝記**（でんき）を**読**（よ）んだことがありますか。	傳記 你有讀過華盛頓的傳記嗎？
動向（どうこう） **世界**（せかい）の**動向**（どうこう）を**観察**（かんさつ）している。	動向、趨勢 我正在觀察世界的趨勢。
★ **同時**（どうじ） **二**（ふた）つの**事故**（じこ）が**同時**（どうじ）に**起**（お）こった。	同時 兩起事故同時發生。

中文意思

★ 同僚
どうりょう

彼女は同僚と結婚しました。
かのじょ　どうりょう　けっこん

同僚、同事
她和同事結婚了。

読書[する]
どくしょ

私はよく読書しながらいいと思ったところ
わたし　どくしょ　おも
をメモする。

讀書
我經常在讀書時一邊記下覺得很好的部分。

独立[する]
どくりつ

早く家を出て独立したい。
はや　いえ　で　どくりつ

獨立
想要早點離家獨立生活。

Level 3
名詞
た

登山[する]
とざん

気の合う登山仲間が一緒なら、山登りはさ
き　あ　とざんなかま　いっしょ　やまのぼ
らに楽しくなる。
たの

登山
和志同道合的登山夥伴一起爬山會更好玩。

Level 3
動詞

★ 土地
とち

ここは土地が肥えていて作物が育ちやす
とち　こ　さくもつ　そだ
い。

土地、地皮、
當地、領土、大地
這裡土地肥沃易於作物生長。

Level 3
形容詞

★ 途中
とちゅう

会社に行く途中で彼に会った。
かいしゃ　い　とちゅう　かれ　あ

途中、路上、中途
在前往公司的路上遇到了他。

な行

從なにぬねの一路讀下去吧，N3就在眼前！
拾起每頁中的超重點星星單字，一個都別想跑！

🎵 *Track 207*

中文意思

★ 納得[する]
なっとく
あなたの意見に納得できない。
いけん　なっとく

理解、同意
我無法理解你的意見。

★ 涙
なみだ
そのストーリーを聞いて涙が出た。
き　なみだ　で

眼淚
我聽到那個故事後，眼淚流了下來。

★ 日常
にちじょう
自動車事故は日常茶飯事のように起きている。
じどうしゃじこ　にちじょうさはんじ　お

日常、平常
日常經常發生車禍。

★ 入社[する]
にゅうしゃ
私は去年この会社に入社したんです。
わたし　きょねん　かいしゃ　にゅうしゃ

進入公司工作
我在去年進入這個公司工作。

★ 値段
ねだん
この車の値段はいくらですか。
くるま　ねだん

價格、價錢
這輛車價格多少呢？

★ 熱帯
ねったい
台湾は熱帯の国ではない。
たいわん　ねったい　くに

熱帶
臺灣不是熱帶國家。

★ 農作物
のうさくぶつ
遺伝子組換え農作物に不安を感じている。
いでんしくみか　のうさくぶつ　ふあん　かん

農作物
對基改農作物感到不安。

濃度
（のうど）

水を入れることで濃度を調整する。
（みず）（い）（のうど）（ちょうせい）

のど

のどが渇いたから水分を取りたい。
（かわ）（すいぶん）（と）

中文意思

濃度

藉由加水來調整濃度。

咽喉

我渴了想要喝水。

Level
3
名　詞

な

Level
3
動　詞

Level
3
形容詞

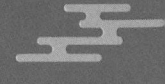

名詞

は行

従はひふへほ一路讀下去吧，N3就在眼前！
拾起每頁中的超重點星星單字，一個都別想跑！

🎧 *Track 209*

中文意思

★ 葉（は）
この植物（しょくぶつ）の葉（は）は食（た）べられる。

葉子
這植物的葉子可以食用。

★ 配布（はいふ）[する]
先生（せんせい）はテストをみんなに配布（はいふ）している。

散發、分發
老師正在將考卷發給大家。

秤（はかり）
目分量（めぶんりょう）ではなく、秤（はかり）でしっかり計（はか）りましょう。

秤
請用秤確實計量，別用目測的。

★ 拍手（はくしゅ）[する]
彼（かれ）のパフォーマンスに拍手（はくしゅ）をお願（ねが）いします。

拍手
請為他的表演鼓掌。

端（はし）
ロープの両端（りょうはし）を結（むす）んで輪（わ）を作（つく）る。

端、頭、邊緣、從頭開始
把繩子兩頭綁在一起，做成一個圈。

肌（はだ）
女（おんな）の子（こ）はみんな白（しろ）い肌（はだ）に憧（あこが）れる。

皮膚、肌膚
所有女孩子都想要白皙的肌膚。

発行（はっこう）[する]
この漫画（まんが）の発行部数（はっこうぶすう）は100万（ひゃくまん）部（ぶ）を超（こ）えている。

發行
這本漫畫已經發行超過100萬冊。

★ 発達[する]
はったつ

日本の文明はとても発達している。
にほん　ぶんめい　　　　　　　はったつ

發達、擴大、進步
日本文明相當進步。

発展[する]
はってん

テクノロジーの発展は人間にとって本当に
はってん　にんげん　　　　　ほんとう
いいことなのですか。

發展
科技的發展真的對人類有益嗎？

★ 発売[する]
はつばい

この漫画の発売日は今日ですか。
まんが　はつばいび　きょう

發售、出售
這本漫畫的發售日是今天嗎？

★ 破片
はへん

ガラスの破片に気をつけてください。
はへん　き

碎片
請注意玻璃碎片。

流行り
はやり

これは今流行りのゲームです。
いまはやり

流行、時髦
這是現下很流行的遊戲。

★ 腹
はら

今腹が減ったなあ。
いまはら　へ

腹、肚子
我現在肚子餓了。

反映[する]
はんえい

月が川に反映している。
つき　かわ　はんえい

反射、反映
月亮倒映在河水之中。

★ 番地
ばんち

彼の家は何番地だか知っていますか。
かれ　いえ　なんばんち　し

門牌號、地址
你知道他的門牌號碼嗎？

犯人
はんにん

彼女が真犯人だと思う。
かのじょ　しんはんにん　おも

犯人
我覺得她是真正的犯人。

Level
3
名　詞

は

Level
3
動　詞

Level
3
形容詞

213

中文意思

販売[する]
（はんばい）
在庫がなくなり次第、販売を終了させて
いただきます。

販賣、出售
庫存售完為止。

被害[する]
（ひがい）
被害者に何を言いましたか。
（ひがいしゃ）（なに）（い）

損失、受害
你對受害者說了什麼
呢？

★ 光
（ひかり）
光は大地を照らす。
（ひかり）（だいち）（て）

光、光線、光澤、
光榮
光照耀大地。

引き立て
（ひ）（た）
毎度お引き立てにあずかり、ありがとうご
（まいど）（ひ）（た）
ざいます。

幫襯、援助
感謝您一直以來的支持
與惠顧。

筆跡
（ひっせき）
遺言書を筆跡鑑定に出した。
（ゆいごんしょ）（ひっせきかんてい）（だ）

筆跡
把遺書送去做筆跡鑑
定。

ヒット[する]
この映画が大ヒット間違いない。
（えいが）（だい）（まちが）

大受歡迎
我覺得這部電影一定會
大受歡迎。

★ 否定[する]
（ひてい）
子供たちの意見をすぐ否定するのをやめて
（こども）（いけん）（ひてい）
ください。

否定
請不要馬上否定孩子們
的意見。

★ 批判[する]
（ひはん）
彼女は他人の批判を気にしない。
（かのじょ）（たにん）（ひはん）（き）

批評、批判
她不在意他人的批評。

費用
（ひよう）
卒業旅行の費用はいくらかかりますか。
（そつぎょうりょこう）（ひよう）

費用
畢業旅行要花多少費用
呢？

★ **評価[する]**
ひょうか
ゴッホの絵は生前 全く 評価されなかった。
せいぜんまった　　　　ひょうか

評價、估價
梵谷的畫在他生前完全不受人肯定。

★ **表現[する]**
ひょうげん
自分の気持ちをちゃんと 表現できない。
じぶん　きも　　　　　　　ひょうげん

表現、表達
無法好好地表達自身的情緒。

平等
びょうどう
男女 平等という夢が叶う日は来るのかな。
だんじょびょうどう　　ゆめ　かな　ひ　く

平等
男女平等這個夢想能有實現的一天嗎？

★ **評判[する]**
ひょうばん
あの映画は 評判がいい。
えいが　　ひょうばん

評價、名聲、聞名、傳聞
那部電影評價很好。

表面
ひょうめん
このみかんは 表面がでこぼこしている。
ひょうめん

表面
這顆橘子表面凹凸不平。

普及[する]
ふきゅう
携帯は世界的に 普及している。
けいたい　せかいてき　ふきゅう

普及
行動電話世界普及。

不況
ふきょう
コロナ不況 はいつまで続くのか。
ふきょう　　　　　　つづ

蕭條、不景氣
Covid-19帶來的經濟蕭條會持續到何時呢？

服装
ふくそう
どんな 服装でも似合う人になりたい。
ふくそう　　　に あ　ひと

服裝
我想成為一個穿什麼都好看的人。

★ **ふすま**
ふすまは 現在でも仕切りや押し入れに使われることが多いです。
げんざい　　し き　お い　　つか
おお

隔扇、拉門
日式拉門現在仍然常用於壁櫥或隔間。

	中文意思
★ **不足[する]**（ふそく） 台湾人はヨウ素が不足しがちだと言われている。	缺少、不足、不滿 一般認為台灣人容易缺碘。
部品（ぶひん） どこかの部品が壊れたみたいだ。	元件、零件 看樣子是哪裡的零件壞掉了。
★ **不満**（ふまん） 何か不満があるなら、言ってください。	不滿、不滿意 如果你有什麼不滿的話，請説出來。
★ **分野**（ぶんや） 彼は自分の専門分野で活躍している。	領域、範圍、範疇 他活躍於自己的專業領域中。
平行[する]（へいこう） 線Eと線Fは平行ではない。	平行、並行 E線和F線不平行。
★ **変化[する]**（へんか） 仕方がない、時代の変化に応じて変わなければならない。	變化、改變 沒有辦法，必須要順應時代的變化。
放送局（ほうそうきょく） 私は名古屋の放送局で働いている。	電視公司、電台 我在名古屋的電視公司工作。
包帯（ほうたい） もう三週間も過ぎたんだ。包帯はそろそろ取れるんじゃない。	繃帶、紗帶 已經過了三個禮拜，繃帶可以取下了吧。
★ **方法**（ほうほう） 何かいい方法はありますか。	方法、辦法、手段 你有什麼好辦法嗎？

中文意思

保護[する]
その協会が孤児たちを保護してくれた。

保護
那個協會為孤兒們提供保護。

★ 募集[する]
ボランティアを募集しています。

募集、招收
正在招募志工。

保存[する]
スマホで撮った写真はクラウドに保存している。

保存
手機拍的相片保存在雲端裡。

★ 骨
骨に気をつけてください。

骨頭
請小心骨頭。

★ 本物
これは本物ですか。

真品、正規、專門、道地
這是真品嗎？

Level **3**
名詞

は

Level **3**
動詞

Level **3**
形容詞

ま 行

從まみむめも一路讀下去吧，N3就在眼前！
拾起每頁中的超重點星星單字，一個都別想跑！

 **Track 215**

中文意思

豆
まめ
節分に豆をまくのはなぜですか。

豆子
節分那天為什麼要撒豆子呢？

守り
まも
守りに入らず、攻めて続けてほしい。

防守、守衛、戒備
希望你持續進攻，不要轉為防守。

★ **周り**
まわ
学校の周りにコンビニがいっぱいある。

旋轉、周圍、
巡視、繞過、蔓延
學校周圍有很多便利商店。

★ **万一**
まんいち
万一逃げられなかった場合はどうしよう。

萬分之一、萬一、
意外
萬一無法逃跑的話怎麼辦呢？

満点
まんてん
満点を取ったことがない。

滿分、最好、
令人滿意
我沒有拿過滿分。

見掛け
みか
見掛けで人を判断するのはよくない。

外貌、外觀、外表
用外表來評斷一個人是不對的。

見方
みかた
何が正義で何が悪であるかは、見方によって変わる。

看法、立場、見解
什麼是正義、什麼是邪惡，會依觀點而有所不同。

中文意思

★ 湖（みずうみ）
彼は今 湖 で泳いでいる。
（かれ　いまみずうみ　およ）

湖
他現在正在湖裡游泳。

見出し（みだ）
この見出しはちょっと大げさだと思う。
（みだ　　　　　おお　　　おも）

標題、索引、提拔
我覺得這個標題有點太誇張了。

見直し（みなお）
わからないなら、この本をもう一度見直し
してください。
（ほん　　　いちど　みなお）

重看一次
如果沒看懂的話，請再重看一次這本書。

★ 見本（みほん）
見本を見せていただけませんか。
（みほん　み）

樣品、貨樣、例子、典型
可以請您讓我看樣品嗎？

★ 昔（むかし）
昔 の事があまり覚えていません。
（むかし　こと　　　　おぼ）

從前、早年、往昔
我不太記得從前的事了。

向き（む）
風の向きを観察している。
（かぜ　む　かんさつ）

方向、方位、適合
我正在觀察風向。

★ 虫（むし）
彼女は虫が大嫌いだ。
（かのじょ　むし　だいきら）

蟲
她非常討厭蟲。

★ 夢中（むちゅう）
二宮君はゲームに夢中だ。
（にのみやくん　　　　むちゅう）

夢中、睡夢中、沈迷、熱衷
二宮熱衷於玩遊戲。

名産（めいさん）
この町の名産は何ですか。
（まち　めいさん　なん）

名産
這座城鎮的名產是什麼呢？

Level 3 名詞
ま

Level 3 動詞

Level 3 形容詞

中文意思

目まい
車に酔ってしまって目まいがひどいんです。

暈眩
我因為暈車頭很暈。

★ 免許
運転免許を取りましたか。

許可、批准
你取得駕照了嗎?

★ 目的
何の目的でここに来ましたか。

目的
你來這邊的目的是什麼呢?

★ 目標
自分の目標を設定してください。

目標、目的
請設定自己的目標。

森
夜に森を歩くのは怖いです。

森林
走在夜晚的森林中是可怕的。

や行

從やゆよ一路讀下去吧，N3就在眼前！

拾起每頁中的超重點星星單字，一個都別想跑！

 *Track 218*

	中文意思
やくにん **役人** おとうと しょうらい やくにん しぼう 弟 は 将 来役人になる志望がある。	公務員、官員 弟弟的志願是將來成為公務員。
やくわり **役割** じ ぶん やくわり は 自分の役割を果たしてください。	任務、職責、角色 請完成自己的任務。
★ やけど **火傷[する]** かのじょ きょねん か じ やけど 彼女が去年の火事で火傷しました。	燙傷、燒傷 她在去年的火災中被燒傷了。
★ ゆ かた **浴衣** はな び たいかい ゆかた か 花火大会のために浴衣を買った。	沐浴後夏天穿的單和服 為了煙火大會，我買了浴衣。
ゆ そう **輸送[する]** ひこうき か もつ ゆそう あの飛行機は貨物を輸送している。	輸送、運送、運輸 那架飛機正在運送貨物。
★ ゆ だん **油断[する]** き ゆだん 気をつけて、油断しないでください。	疏忽、大意 小心點，別掉以輕心。
★ ゆび **指** ゆび ず もう ひっしょうほう 指相撲には必 勝 法がある。	手指 手指相撲有必勝的方法。

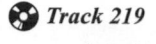

中文意思

幼児
ようじ

幼児の安全を気にかけてください。

幼兒、幼童

請注意幼兒的安全。

★ 用心[する]
ようじん

風邪を引かないように用心しなさい。
かぜ ひ　　　　　　　　　　　ようじん

小心、注意、
謹慎、留神、提防

請注意不要感冒了。

★ 様子
よう す

彼女の様子がちょっとおかしいです。
かのじょ ようす

狀態、容貌、樣
子、神情、徵兆、
緣故

她的樣子有點奇怪。

予算
よ さん

車を買う予算がない。
くるま か よさん

預算

我沒有買車的預算。

★ 予測[する]
よ そく

彼が赤点を取ると予測する。
かれ あかてん と よそく

預測

我預測他會不及格。

★ 夜中
よ なか

夜中に申し訳ありませんが、洋子さんはい
よなか もう わけ ようこ
らっしゃいますか。

半夜

抱歉半夜打擾，請問洋
子小姐在嗎？

予報[する]
よ ほう

天気予報によると、今日は雨ですよ。
てんきよほう きょう あめ

預報

根據天氣預報，今天會
下雨唷。

ら行

從らりるれろ一路讀下去吧，N3就在眼前！

拾起每頁中的超重點星星單字，一個都別想跑！

 **Track 220**

中文意思

★ 理解[する]
りかい

彼の 考え方は理解できない。
かれ かんが かた りかい

瞭解、理解、
領會、明白事理

我無法理解他的思考方式。

Level 3
名 詞
ら

留学[する]
りゅうがく

息子は去年日本へ 留学に行きました。
むすこ きょねん にほん りゅうがく い

留學

我兒子去年去日本留學了。

Level 3
動 詞

流行[する]
りゅうこう

彼女は常に 流行の先端を行く。
かのじょ つね りゅうこう せんたん い

流行

她總是走在流行尖端。

Level 3
形 容 詞

★ 利用[する]
りよう

親からもらったものを最大限に利用する。
おや さいだいげん りよう

利用

我最大限度地利用父母所提供的資源。

両国
りょうこく

両国間に平和条約が結ばれている。
りょうこくかん へいわじょうやく むす

兩國

兩國之間有和平條約。

★ 領収書
りょうしゅうしょ

領収書をください。
りょうしゅうしょ

收據

請給我收據。

★ 例外
れいがい

今回も例外ではない。
こんかい れいがい

例外

這次也不例外。

冷蔵庫
れいぞうこ

コーラは冷蔵庫の中に置いてある。
れいぞうこ なか お

冰箱

可樂放在冰箱中。

零度
れい ど
昨夜は気温が零度以下に下がって、とても
さくや　　き おん　　れい ど い か　　さ
寒かったです。
さむ

零度、冰點

昨晚溫度下降到零度以下，非常寒冷。

冷凍[する]
れい とう
魚を冷凍しておく。
さかな　　れい とう

冷凍

將魚冷凍好。

★ 歴史
れき し
歴史が苦手だけど嫌いじゃないです。
れき し　　 にがて　　　きら

歷史

我雖然不擅長，但也不討厭歷史。

★ 列島
れっ とう
日本列島はとても広いです。
に ほんれっとう　　　　　ひろ

列島

日本列島相當廣闊。

★ 恋愛[する]
れん あい
彼氏と遠距離恋愛中です。
かれ し　　えんきょ り れんあいちゅう

戀愛

我和男友現在是遠距離戀愛。

★ 連続[する]
れん ぞく
あのチームはこの大会で二回連続優勝し
たいかい　　に かいれんぞくゆうしょう
た。

連續

那支隊伍在這個大賽中連續二次奪得冠軍。

老人
ろうじん
六十五歳以上の老人は無料です。
ろくじゅう ご さい い じょう　　ろうじん　　む りょう

老人

六十五歲以上的老人免費。

論文
ろんぶん
早く論文を完成させたい。
はや　　ろんぶん　　かんせい

論文

想早點完成論文。

 **Track 222**

★ **脇** <small>わき</small>
彼はかばんを脇に抱えている。<small>かれ・わき・かか</small>

★ **割引** <small>わりびき</small>
六十歳以上の方を対象に特別割引を提供します。<small>ろくじゅうさい・い・じょう・かた・たいしょう・とくべつわりびき・てい・きょう</small>

中文意思

腋下、別處、近處
他把包包夾在腋下。

Level **3**
名詞

わ

打折
六十歲以上的人提供特別折扣。

Level **3**
動詞

Level **3**
形容詞

あ行

從あいうえお一路讀下去吧，N3就在眼前！

拾起每頁中的超重點星星單字，一個都別想跑！

🔘 *Track 223*

中文意思

あきれる かのじょ あし なが 彼女はあきれるほど足が長い。	吃驚、愣住、驚愕 她的腳長到驚人。
★ **憧れる** あこが おんな こ ぜったい あこが 女の子は絶対にモデルに憧れる。	憧憬、嚮往 女孩子絕對都對模特兒感到憧憬。
★ **預ける** あず となり ひと にもつ あず 隣の人に荷物を預けた。	寄存 我將行李寄存於旁人。
与える あた ゆうしょうしゃ ひゃくまんえん しょうきん あた 優勝者に百万円の賞金を与える。	給、與、使蒙受 將給予冠軍一百萬日圓獎金。
扱う あつか このドローンは扱いにくいです。	對待、處理、操縱 這款空拍機很難操作。
当てる あ かんきゃく あたま あ ボールを観客の頭に当ててしまった。	碰撞、放、猜、中獎 不小心讓球擊中了觀眾的頭。
★ **余る** あま あま けいひ つか しょくじ い 余った経費を使って、みんなで食事に行こうよ。	餘、剩、過分 使用剩餘的經費，大家去吃飯吧！

中文意思

★ 過つ
あやま
過つは人の常。
あやま　ひと　つね

不留神、犯錯
犯錯是人之常情。

争う
あらそ
あの二人は彼女をめぐって争っている。
ふたり　かのじょ　あらそ

爭論、競爭
那兩個人為了她競爭。

改める
あらた
元号は平成から令和に改められました。
げんごう　へいせい　れいわ　あらた

改變、改正、鄭重
年號從平成改為了令和。

★ 表れる
あらわ
彼女の気持ちはすべて表情に表れていた。
かのじょ　きも　ひょうじょう　あらわ

表露、顯露
她的情緒完全表露無遺。

★ 慌てる
あわ
そんなに慌てて、どうしたんですか。
あわ

驚慌、著急
發生什麼事了，怎麼這樣慌慌張張的？

★ 苛める
いじ
転校生はよく苛められる。
てんこうせい　いじ

欺侮、糟蹋
轉學生經常受到欺負。

抱く
いだ
彼は松本さんに恨みを抱いている。
かれ　まつもと　うら　いだ

抱、懷有、環抱
他對松本先生懷有恨意。

★ 痛む
いた
今でも子供の頃の事を思い出すと胸が痛む。
いま　こども　ころ　こと　おも　だ　むね　いた

疼痛、痛苦
想起孩提時期的事，至今仍會心痛。

威張る
いば
権力を握る人がよく威張る。
けんりょく　にぎ　ひと　いば

自豪、驕傲、擺架子
握有權力的人通常都很自傲。

Level 3 名詞

Level 3 動詞 あ

Level 3 形容詞

中文意思

浮かび上がる
あの俳優は十年の下積み生活を経て、やっと浮かび上がった。

浮出、轉運、出現
那位演員過了十年居於人下的生活，終於浮上了檯面。

浮かぶ
不快の色が彼の顔に浮かんだ。

漂、浮、顯露
他的不愉快顯露在了臉上。

★ 薄める
水で酒を薄める。

稀釋
用水稀釋酒。

★ 疑う
桜ちゃんはいつも彼氏の言葉を疑う。

懷疑、猜測
小櫻總是懷疑她男朋友說的話。

打ち明ける
先生は生徒たちの秘密を打ち明けた。

坦白說出、敞開心扉
老師坦白說出了學生們的秘密。

★ 映る
月の光が水面に映っている。

映現
月光映照在水面上。

移る
首都は台北から高雄に移る。

轉向、轉移、變遷
首都從臺北遷往高雄。

促す
彼は促されるのが大嫌いだ。

催促、促使
他非常討厭被催促。

★ 裏切る
十年前私は彼に裏切られた。

背叛、辜負、違背
十年前我被他背叛了。

中文意思

★ 恨む
うら

パーティに誘われなかったことを恨んでいる。
さそ　　　　　　　　　　　　　　うら

恨、怨

我對於沒被邀請參加派對懷恨在心。

★ 売り切れる
う　き

コンサートの入場券は３０分で売り切れた。
にゅうじょうけん　さんじっぷん　う　き

銷售一空

演唱會的門票30分鐘就賣完了。

| | Level 3 名詞 |

★ 押さえる、抑える
お　　　　おさ

聞きたくないから、耳を抑えた。
き　　　　　　　　みみ　おさ

按、壓制、防止、抑制

因為我不想聽，所以我搗住了耳朵。

| | Level 3 動詞 あ |

★ 恐れる
おそ

家族みんなが父の死を恐れている。
かぞく　　　ちち　し　おそ

害怕、恐懼

家人對於父親的死亡感到恐懼。

| | Level 3 形容詞 |

落ち込む
お　こ

落ち込むのはまだ早いよ。
お　こ　　　　　　はや

掉入、落入、塌陷、暴跌、沮喪、失落

現在沮喪還太早喔！

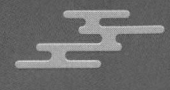

動詞

か 行

從かきくけこ一路讀下去吧，N3就在眼前！

拾起每頁中的超重點星星單字，一個都別想跑！

🔘 *Track 227*

中文意思

抱える（かかえる）
彼は大きな箱を両手で抱えています。

用兩手抱住、承擔、僱用

他用雙手抱住大箱子。

輝く（かがやく）
彼女の笑顔が輝いている。

閃閃發光、光榮

她的笑容閃閃發光。

★ 隠れる（かくれる）
ウチの猫はよくクロゼットに隠れる。

隱藏、潛伏、隱居、逃避

我家的貓經常躲進衣櫃裡。

★ 囲む（かこむ）
あの歌手はたくさんの記者に囲まれている。

圍繞、圍著

那位歌手被多位記者圍繞著。

★ 重ねる（かさねる）
この収納ボックスは重ねて使える。

堆積、重疊、反覆

這個收納箱可堆疊使用。

かじる
りんごをかじる。

一點一點地咬、一知半解、咬一口

啃咬蘋果。

★ 傾く（かたむく）
あの木は右に傾いている。

傾斜、傾向

那棵樹向右傾斜。

傾ける（かたむける）
彼女は体を後ろに傾けた。

使……傾斜、傾注

她將身體向後傾斜。

★ 偏る
かたよ

このような 食事が続くと、栄養バランスは
しょくじ つづ えいよう
偏ってしまう。
かたよ

偏斜、傾向、偏袒
一直這樣吃，營養會不均衡。

★ 可愛がる
か わ い

あの子はきっと親に可愛がられている。
こ おや か わ い

愛惜、愛護
那個孩子一定被父母疼愛著。

Level
3
名 詞

乾かす
かわ

濡れたパンツを乾燥機で乾かす。
ぬ かんそうき かわ

使乾燥
將濕內褲用烘乾機烘乾。

渇く
かわ

のどが渇いたから、水を頂戴。
かわ みず ちょうだい

口渴、渴望
我很渴，請給我水。

Level
3
動 詞

か

★ 乾く
かわ

別れてから十年、彼女の心はもう乾いた。
わか じゅうねん かのじょ こころ かわ

乾、缺乏感情、冷漠
自分手後已過十年，她的心也已冷漠。

Level
3
形 容 詞

変わる
か

季節が変わって、冬が訪れた。
きせつ か ふゆ おとず

變化、轉移、經過年月
季節變換了，已到冬天。

★ 崩す
くず

どうぞ膝を崩してください。
ひざ くず

拆毀、粉碎、打亂、摧毀、找零
請按您舒適的方式坐，不必跪坐。

配る
くば

彼は駅前でティッショを配っている。
かれ えきまえ くば

分配
他在車站前發面紙。

	中文意思
組み立てる（く た） 男 の子はみんなプラモデルを組み立てることがすきです。	組織、安裝、組裝 男孩子都喜歡組裝模型。
★ **悔やむ**（く） 五年前にあの決定を下したのを悔やんでいる。	後悔 我後悔五年前做出了那個決定。
★ **繰り返す**（く かえ） どうして同じことを繰り返していますか。	反覆、重複 你為什麼反覆做同一件事呢？
加える（くわ） 彼を加えて参加者は三十名だった。	加、添加、附加 加上他有三十名參加者。
削る（けず） ナイフで鉛筆を削る。	削、刮、刪去、削減 用刀子削鉛筆。
★ **越える**（こ） その越えがたい壁を超えてみせる。	越過、渡過、跳過 那道難以越過的高牆，我會跨越給你們看。
焦げる（こ） 昨日の火事で、家の壁が焦げた。	烤焦、焦黑 昨天的火災導致家中的牆壁變得焦黑了。
★ **心 掛ける**（こころ が） 消費者の権利を心掛ける。	留心、留意、記在心裡 注意消費者的權利。
志す（こころざ） 彼女は役者を志している。	立志、目的、志向 她立志要成為演員。

★ 腰掛ける
こしか

こちらに腰掛けてください。
こしか

坐下
請坐這。

擦る
こす

軽く擦るだけで汚れが落ちる。
かる　こす　　　よご　　　　お

摩擦、搓、揉
輕輕一擦就能去除髒汙。

★ 断る
ことわ

彼は私の要求を断った。
かれ　わたし　ようきゅう　ことわ

謝絕、拒絕
他拒絕了我的要求。

好む
この

私は酒よりコーヒーを好む。
わたし　さけ　　　　　　　この

愛好、喜歡、希望
比起酒我更喜歡咖啡。

★ ごまかす

私の目はごまかせない。
わたし　め

矇混、欺騙、敷衍
你是瞞不過我的眼睛的。

★ 込む
こ

事故が起きたから、道が込んでいる。
じこ　お　　　　　　みち　こ

擁擠、混亂
因為發生事故的關係，導致道路擁擠。

転がる
ころ

ボールがテーブルの下に転がっていった。
した　ころ

轉動、倒下
球滾到了桌子下。

★ 殺す
ころ

彼はうっかり人を殺してしまった。
かれ　　　　　　ひと　ころ

殺死、浪費
他不小心殺了人。

Level
3
名　詞

Level
3
動　詞

か

Level
3
形容詞

さ行

從さしすせそ一路讀下去吧，N3就在眼前！

拾起每頁中的超重點星星單字，一個都別想跑！

🔊 *Track 231*

中文意思

★ **逆らう**
さか
鮭 は川の流れに逆らって登っていく。
しゃけ かわ なが さか のぼ

違反、反抗、不服從

鮭魚逆流而上。

★ **避ける**
さ
危険性の高い場所を避けていったほうがいい。
きけんせい たか ばしょ さ

迴避

迴避高危險性的場所會比較好。

下げる
さ
子供たちも楽しめるようにプールの水位を下げている。
こども たの すいい さ

降低、懸、提取、發放

降低泳池的水位，讓孩子們也能享受樂趣。

★ **支える**
ささ
家計を支えるために、アルバイトを始めた。
かけい ささ はじ

支撐、維持

為了維持家計，我開始打工。

刺す
さ
あの暴徒は短刀で人を刺した。
ぼうと たんとう ひと さ

螫、叮、咬、刺傷

那個暴徒拿短刀刺了人。

★ **冷める**
さ
コーヒーが冷めないうちに早く飲みなさい。
さ はや の

變冷、降溫

早點喝，別讓咖啡冷掉。

触る
さわ
展示品に触ってはいけない。
てんじひん さわ

觸、碰、摸

不能觸碰展示品。

中文意思

★ **叱る**
しか

昨日 妹 が母に叱られた。
きのう いもうと はは しか

叱責、責備

昨天妹妹被媽媽責罵。

従う
したが

上司の指示に従うべきだ。
じょうし しじ したが

跟隨、服從、遵照

應該要遵從上司的指示。

★ **縛る**
しば

荷物をひもで縛った。
に もつ しば

捆、綁、束縛

用繩子綑好行李。

| Level 3 名 詞 |

★ **しゃぶる**

赤ちゃんは指をしゃぶる習慣がある。
あか ゆび しゅうかん

吸吮

嬰兒有吸吮手指的習慣。

| Level 3 動 詞 |

| さ |

優れる
すぐ

彼女のセンスは他の人より優れている。
かのじょ た ひと すぐ

出色、傑出、卓越、優秀

她的品味比其他人出色。

| Level 3 形 容 詞 |

進む
すす

彼女は芸術の道を頑張って進んでいる。
かのじょ げいじゅつ みち がんば すす

向前、晉級、進步

她在藝術的道路上努力向前。

擦れ違う
す ちが

みんなの意見が擦れ違って結論が出ない。
いけん す ちが けつろん で

錯過、交錯

大家意見分歧，無法得出結論。

★ **ずれる**

映像と音声がずれている。
えいぞう おんせい

移動、偏離、錯開

影像與聲音不同步。

責める
せ

私のせいですから、彼女を責めないでください。
わたし かのじょ せ

責備、逼迫、催促

是我的錯，請不要責備她。

	中文意思
★ 属する （ぞく） 私（わたし）は合唱部（がっしょうぶ）に属（ぞく）している。	屬於、歸於 我是合唱團的一員。
★ 育つ （そだ） 寝（ね）る子（こ）は育（そだ）つ。	發育、成長 愛睡的孩子長得快。
供える （そな） お団子（だんご）を供（そな）えてお神様（かみさま）を祀（まつ）る。	進貢、供俸 以糰子供奉神明。
備える （そな） 台風（たいふう）に備（そな）えて、インスタントラーメンをたくさん買（か）った。	準備、具備 為了颱風做準備，我買了很多泡麵。
★ それる 話（はなし）がそれちゃったね。	偏離、離題 不小心扯遠了。
揃える （そろ） この店（みせ）いろんな商品（しょうひん）を揃（そろ）えている。	聚集、湊齊、備齊、使……一致 這間店有賣各種商品。

た行

從たちつてと一路讀下去吧，N3就在眼前！

拾起每頁中的超重點星星單字，一個都別想跑！

 **Track 234**

中文意思

★ **対する**
たい
私 は政治に対して 全 く 興 味がない。
わたし せいじ たい まった きょうみ

相對、對照、對於
我對政治完全沒興趣。

| Level 3 名詞 |

★ **倒れる**
たお
父が過労で倒れた。
ちち かろう たお

倒下、倒閉、病倒
爸爸因為過勞而病倒了。

| Level 3 動詞 | た |

★ **炊く**
た
お母さんがご飯を炊いている。
かあ はん た

煮、燒
媽媽正在煮飯。

| Level 3 形容詞 |

抱く
だ
恋人の肩を抱くのは愛情 表現の一つです。
こいびと かた だ あいじょうひょうげん ひと

懷著、懷抱
攬住情人的肩膀是一種愛情表現。

★ **確かめる**
たし
その言葉の読み方を辞書で確かめた。
ことば よ かた じしょ たし

弄清、確認
查字典確認那個字的讀音。

★ **尋ねる**
たず
専門家の意見を尋ねてみましょう。
せんもんか いけん たず

打聽、尋找
來聽聽專家怎麼說。

立ち去る
た さ
十年前母の立ち去る 姿 を忘れられない。
じゅうねんまえはは た さ すがた わす

離去、離開
我無法忘記十年前母親離去時的身影。

★ **立ち止まる**
た ど
田中さんは店の前で立ち止まった。
たなか みせ まえ た ど

站住、停下、止步
田中先生駐足於商店前。

	中文意思
例える （たと） 動物に例えるなら彼は犬です。（どうぶつ・たと・かれ・いぬ）	比喻、比擬 如果以動物比喻的話，他就是狗。
★ **たどり着く** （つ） 三年かかって、やっとここにたどり着いた。（さんねん・つ）	好不容易才到達 花費了三年，終於好不容易到達這裡。
溜まる （た） 借金がどんどん溜まっていく。（しゃっきん・た）	積累、積壓 債務不斷累積。
★ **黙る** （だま） うるさい、黙ってくれ。（だま）	不說話、不聞不問 吵死了，能不能安靜點。
★ **ためらう** 行こうか行くまいかためらっている。（い・い）	躊躇、猶豫 我還在猶豫要不要去。
★ **溜める** （た） 雨水を溜めてどうするの。（あまみず・た）	積蓄、積存 你積蓄雨水打算做什麼呢？
垂らす （た） あの子はよだれを垂らしている。（こ・た）	垂、流、滴 那個孩子正流著口水。
縮める （ちぢ） セーターを乾燥機にかけたら縮んでしまった。（かんそうき・ちぢ）	縮短、縮小、簡化 把毛衣拿去烘乾結果縮水了。
★ **費やす** （つい） 五年を費やしてやっと論文を完成した。（ごねん・つい・ろんぶん・かんせい）	用掉、耗費 花費了五年，論文終於完成了。

中文意思

使いこなす
つか

彼はこの機械を使いこなせる。
かれ　　　　きかい　　　つか

運用自如、熟練、
充分發揮

他能夠熟練地使用這臺
機器。

捕まる
つか

泥棒は警察に捕まった。
どろぼう　けいさつ　つか

被捉到、被捕獲、
抓到

小偷被警察逮捕了。

★ 掴む
つか

やっとコツを掴んだ。
つか

抓住、掌握

終於掌握住了訣竅。

突き当たる
つ　あ

誰もが人生において壁に突き当たる時があ
だれ　　じんせい　　　　　　かべ　つ　あ　　とき
る。

撞上、擋住、
走到盡頭

不論是誰，人生中都會
有碰壁的時候。

★ 伝える
つた

私の意見を伝えてください。
わたし　いけん　　つた

傳達、傳授

請協助傳達我的意見。

続く
つづ

こんな生活はいつまで続くのか。
せいかつ　　　　　　つづ

繼續、連續

這種生活要持續到什麼
時候啊？

★ 続ける
つづ

さっきの話を続けましょう。
はなし　つづ

持續、繼續、
連在一起

讓我們繼續剛才的話
題。

努める
つと

夫は私たちのために、随分努めてきた。
おっと　わたし　　　　　　　ずいぶんつと

努力、盡力

丈夫為了我們，一直非
常努力。

★ 務める
つと

彼が部長を務めてからもう二年になる。
かれ　ぶちょう　つと　　　　　　　にねん

擔任、扮演

他擔任部長已經兩年
了。

	中文意思
繋がる（つな） 地震（じしん）で電話（でんわ）が繋（つな）がらない。	連接、有關聯、被束縛 因為地震的關係，電話不通了。
★ **瞑る**（つぶ） ちょっと目（め）を瞑（つぶ）るって休憩（きゅうけい）を取（と）る。	閉眼、假裝沒看見 稍微閉目休息一下。
★ **適する**（てき） 面接（めんせつ）に適（てき）した服装（ふくそう）を買（か）いに行（い）く。	適當、適合 我去買適合面試的衣服。
照る（て） 照（て）っても降（ふ）っても傘（かさ）を持（も）って出（で）かける。	照耀、晴天 不論是晴天是雨天我都帶傘出門。
問い合わせる（と）（あ） 正確（せいかく）な集合時間（しゅうごうじかん）をメールで問（と）い合（あ）わせた。	查詢、詢問、打聽 以電子郵件詢問正確的集合時間。
★ **解く**（と） 三時間（さんじかん）かかって、やっと問題（もんだい）を解（と）いた。	拆開、解開 花費了三小時，終於解決了問題。
★ **溶ける**（と） 油（あぶら）は水（みず）に溶（と）けない。	溶化、溶解 油不溶於水。
閉じる（と） 十分後（じゅうぶんあと）会議（かいぎ）が閉（と）じます。	關閉、闔上、結束 十分鐘後會議結束。
★ **届く**（とど） 昨日（きのう）彼氏（かれし）からの手紙（てがみ）が届（とど）いた。	收到、達到、問到 昨天收到了男朋友寫的信。

中文意思

届ける
とど

毎朝 牛 乳 が三本届けている。
まいあさぎゅうにゅう　さんぼんとど

送到、呈報、申報
每天早上會有三瓶牛奶送達。

★ 怒鳴る
ど　な

不合格で先生に怒鳴られた。
ふごうかく　せんせい　どな

大聲喊、大聲申斥
我因為不及格而被老師大聲喝斥。

留める
と

あの事件は永遠に 私 の記憶に留める。
じけん　えいえん　わたし　きおく　と

阻擋、留住
那起事件會永遠留在我的記憶中。

捕らえる
と

早く犯人を捕らえてください。
はや　はんにん　と

逮住、擒住、捉住
請早些逮住犯人。

★ 取り上げる
と　あ

彼の提案はみんなに取り上げられた。
かれ　ていあん　と　あ

採納、接受
他的提案被大家所採納。

★ 取り入れる
と　い

AIを取り入れると効率がよくなる。
と　い　こうりつ

收穫、採用
採用AI可提升效率。

★ 取り除く
と　のぞ

彼への不信感を取り除きたいです。
かれ　ふしんかん　のぞ

去除、消除、解除
我希望能消除對他的不信任感。

Level 3 名詞

Level 3 動詞

た

Level 3 形容詞

な 行

從なにぬねの一路讀下去吧，N3就在眼前！

拾起每頁中的超重點星星單字，一個都別想跑！

Track 239

中文意思

★ 流<ruby>す<rt>なが</rt></ruby>
このドラマを見て<ruby>涙<rt>なみだ</rt></ruby>を<ruby>流<rt>なが</rt></ruby>した。

沖走、使流動、傳播、散佈
我看了這部戲劇，眼淚流了下來。

★ <ruby>眺<rt>なが</rt></ruby>める
<ruby>東京<rt>とうきょう</rt></ruby>タワーから<ruby>東京<rt>とうきょう</rt></ruby>の<ruby>夜景<rt>やけい</rt></ruby>を<ruby>眺<rt>なが</rt></ruby>めることができる。

眺望、注視、凝視
從東京鐵塔可以眺望東京的夜景。

<ruby>流<rt>なが</rt></ruby>れる
<ruby>血液<rt>けつえき</rt></ruby>が<ruby>流<rt>なが</rt></ruby>れているのを<ruby>感<rt>かん</rt></ruby>じる。

流動、漂流、散布、流浪
我感受到血液正在流動。

★ <ruby>撫<rt>な</rt></ruby>でる
<ruby>彼氏<rt>かれし</rt></ruby>が<ruby>私<rt>わたし</rt></ruby>の<ruby>頬<rt>ほお</rt></ruby>を<ruby>撫<rt>な</rt></ruby>でている。

撫摸
我男朋友輕撫著我的臉頰。

なめる
<ruby>私<rt>わたし</rt></ruby>をなめないでください。

舔、品嚐、體驗、輕視、燒盡
請不要小看我。

★ <ruby>悩<rt>なや</rt></ruby>む
<ruby>彼<rt>かれ</rt></ruby>はやろうかやるまいか<ruby>悩<rt>なや</rt></ruby>んでいる。

煩惱、苦惱
他正在煩惱要不要做。

<ruby>握<rt>にぎ</rt></ruby>る
<ruby>母<rt>はは</rt></ruby>はお<ruby>寿司<rt>すし</rt></ruby>を<ruby>握<rt>にぎ</rt></ruby>っている。

握住、捏飯糰
媽媽現在正在捏壽司

賑わう（にぎ） MRTがあって、この町（まち）が賑（にぎ）わう。	熱鬧、繁榮 因為有捷運，這座城鎮很熱鬧。
★ **逃げる**（に） 昨日逮捕された犯人が逃げた。（きのうたいほ・はんにん・に）	逃避、逃走 昨天被捕的犯人逃走了。
睨む（にら） 彼は怖い目で私を睨んでいる。（かれ・こわ・め・わたし・にら）	瞪、盯、凝視、預測 他用可怕的目光瞪著我。
★ **煮る**（に） じゃがいもを煮ている。（に）	煮、燉、熬 我在煮馬鈴薯。
★ **似る**（に） 彼は母親にすごく似ている。（かれ・ははおや・に）	像、相似 他非常像媽媽。
抜く（ぬ） 指に刺さったとげを抜いた。（ゆび・さ・ぬ）	拔出、去掉、穿透 我拔出刺進手指的刺。
抜ける（ぬ） 父は最近髪の毛がどんどん抜けてしまう。（ちち・さいきんかみ・け・ぬ）	脫落、漏掉、脫離、消失、穿過、陷落 爸爸最近不斷掉頭髮。
濡らす（ぬ） 水で濡らしたタオルで顔を拭いた。（みず・ぬ・かお・ふ）	弄濕 用沾了水的毛巾擦了擦臉。
★ **狙う**（ねら） 猫がねずみを狙っている。（ねこ・ねら）	瞄準、窺視、把……當做目標 貓咪瞄準老鼠。

Level **3** 名詞

Level **3** 動詞 な

Level **3** 形容詞

	中文意思
★ 覗く 父がドアの透き間から兄を覗いている。	窺視、偷看、露出 爸爸從門的縫隙偷看哥哥。
★ 除く 一人を除いて全員賛成した。	除去、除外 除了一個人之外所有人都贊成。
★ 望む これ以上望むことは何もなり。	遠望、眺望、希望、仰慕 我已心滿意足。
登る 富士山に登るのは夢だ。	上昇、昇高、攀登、達到 我的夢想是攀登富士山。
★ 述べる 彼はこの事件について自分の考えを述べた。	敘述、說明、發表 他針對這起事件闡明自己的看法。
延べる 紙を延べて絵を描く。	伸、延期、展開 展開紙來作畫。
乗り上げる 私たちが乗っていろボートは石に乗り上げた。	觸礁、擱淺 我們乘坐的船撞上了石頭。
乗り合わせる 毎日彼と電車に乗り合わせるのは運命だと思う。	（偶然）共乘 每天都和他搭乘同一台電車，我想這是命運。

★ 乗り越える（の・こ）

君を一緒なら、どんな困難も乗り越える。（きみ・いっしょ・こんなん・の・こ）

★ 乗り越す（の・こ）

居眠りをして、乗り越してしまった。（い・ねむ・の・こ）

越過、跨過

和你一起的話，無論怎樣的困難都能跨越。

坐過站

因為打瞌睡而坐過站了。

Level 3 名詞

Level 3 動詞 な

Level 3 形容詞

は行

從はひふへほ一路讀下去吧，N3就在眼前！

拾起每頁中的超重點星星單字，一個都別想跑！

Track 243

	中文意思
は **生える** にわ　は 庭に生えてきた植物は何ですか。 しょくぶつ　なん	長出來 庭院裡長出來的的植物是什麼呢？
はか ★ **量る** じしょ　おも　はか あの辞書の重さを量った。	測量 測量那本字典的重量。
はか ★ **測る** かわ　ふか　はか 川の深さを測っている。	測量、丈量 正在測量河川的深度。
はか **図る** かのじょ　じさつ　はか 彼女は自殺を図った。	圖謀、策劃 她企圖自殺。
はか **計る** かあ　おとうと　たいおん　はか お母さんは弟の体温を計っている。	測量、推測 媽媽正在為弟弟量體溫。
はさ ★ **挟む** よ　ほん　はさ 読みかけの本にしおりを挟んだ。	插、夾、隔 在看到一半的書裡夾上書籤。
はず ★ **外れる** はず シャツのボタンが外れているよ。	脫落、離開、脫軌 你襯衫上的鈕扣鬆開了唷。
は **跳ねる** むすこ　だいよろこ　は 息子は大喜びで、ピョンピョン跳ねている。	跳躍、飛濺、（物價）暴漲 我兒子很開心，一直蹦蹦跳跳。

中文意思

流行る
はや

気をつけて、風邪が流行っているんだ。
き　　　　　　　　かぜ　　はや

流行、時髦、
興旺、蔓延

請小心，感冒正在流行。

★ 張る
は

部屋に蜘蛛の巣が張られた。
へや　　くも　す　は

張開、伸展

那個房間中有蜘蛛網。

★ 光る
ひか

星がキラキラと光っていて、きれいです
ほし　　　　　　　　ひか
ね。

發光、發亮、
出眾、監視、盯視

星星閃著光芒，很美麗呢。

引き受ける
ひ　　う

この依頼を引き受けてくれますか。
いらい　　　ひ　う

接受、承擔、
照顧、應付

你能接下這件委託嗎？

引き換える
ひ　　か

切符をお金に引き換える。
きっぷ　　かね　ひ　か

交換、兌換

把票兌換成錢。

引き止める
ひ　　と

彼女を引き止めませんか。
かのじょ　ひ　と

拉住、挽留、制止

你不挽留她嗎？

★ 響く
ひび

先生の笑い声が教室中に響く。
せんせい　わら　ごえ　きょうしつじゅう　ひび

響、回音、
振動聲、揚名

老師的笑聲響徹教室。

★ 増える
ふ

仕事がどんどん増えて忙しくなった。
しごと　　　　　　ふ　　　いそが

增加、繁殖

工作不斷增加，變得忙碌。

★ 含む
ふく

母乳にはたくさんの免疫物質が含まれてい
ぼにゅう　　　　　　　めんえきぶっしつ　ふく
ます。

含有、帶有

母乳中含有許多免疫物質。

中文意思

伏せる
この話はみんなには伏せておいたほうがいいと思う。

伏、隱藏、隱瞞
這件事還是瞞著大家比較好。

★ 震える
地震が起きたとき、娘はずっと震えていた。

震動、發抖
地震發生的時候，我女兒一直在發抖。

振舞う
あの夫婦はよく友達を呼んで夕食を振舞う。

款待、請客、動作、行動
那對夫妻常常邀請朋友款待晚餐。

★ 触れる
昨日擦れ違ったとき、彼女の指に触れた。

觸摸、感覺、違反
昨日擦肩而過時，我碰觸到了她的手指。

凹む
この道はところどころ凹んでいるから足元に気をつけたほうがいい。

凹下、屈服
這條路到處凹凸不平，你最好小心腳邊。

ま行

從まみむめも一路讀下去吧，N3就在眼前！

拾起每頁中的超重點星星單字，一個都別想跑！

 *Track 246*

	中文意思

★ 任<ruby>まか<rt></rt></ruby>せる
全部<ruby>ぜんぶ<rt></rt></ruby>あなたに任<ruby>まか<rt></rt></ruby>せる。
聽任、委託
事情都交給你了。

★ 巻<ruby>ま<rt></rt></ruby>く
紙<ruby>かみ<rt></rt></ruby>を巻<ruby>ま<rt></rt></ruby>いてかばんに入<ruby>い<rt></rt></ruby>れた。
捲、捲曲
將紙捲起來，放進包包裡。

★ 混<ruby>ま<rt></rt></ruby>ざる
水<ruby>みず<rt></rt></ruby>と油<ruby>あぶら<rt></rt></ruby>が混<ruby>ま<rt></rt></ruby>ざらないのは常識<ruby>じょうしき<rt></rt></ruby>だよ。
混雜、摻混
水和油無法混在一起是常識吧。

まとめる
みんなの意見<ruby>いけん<rt></rt></ruby>をまとめて結論<ruby>けつろん<rt></rt></ruby>を出<ruby>だ<rt></rt></ruby>す。
匯集、歸納、完成、解決
彙整大家的意見並得出結論。

招<ruby>まね<rt></rt></ruby>く
友達<ruby>ともだち<rt></rt></ruby>の新居<ruby>しんきょ<rt></rt></ruby>お披露目<ruby>ひろめ<rt></rt></ruby>パーティーに招<ruby>まね<rt></rt></ruby>かれた。
招呼、招聘、招待
被邀請參加朋友的入厝派對。

守<ruby>まも<rt></rt></ruby>る
自分<ruby>じぶん<rt></rt></ruby>の大切<ruby>たいせつ<rt></rt></ruby>なものを守<ruby>まも<rt></rt></ruby>るべきだ。
守護、保護、遵守
應該要守護好自己重要的東西。

★ 迷<ruby>まよ<rt></rt></ruby>う
道<ruby>みち<rt></rt></ruby>に迷<ruby>まよ<rt></rt></ruby>った。助<ruby>たす<rt></rt></ruby>けてください。
猶豫、迷失
我迷路了，請幫幫我。

★ 導<ruby>みちび<rt></rt></ruby>く
先生<ruby>せんせい<rt></rt></ruby>のご指導<ruby>しどう<rt></rt></ruby>が彼<ruby>かれ<rt></rt></ruby>を成功<ruby>せいこう<rt></rt></ruby>に導<ruby>みちび<rt></rt></ruby>く。
帶領、引導、導致
是老師的指導帶領他邁向成功。

Level **3** 名詞

Level **3** 動詞 ま

Level **3** 形容詞

中文意思

★ 認める
みと
かのじょ こうけん みと
彼女の貢献はみんなに認められた。

認為、允許、認可、承認
她的貢獻是被大家所認可的。

見直す
みなお
ていあん いちど みなお
この提案をもう一度見直すのだ。

重新考慮、重新估價
再重新考慮一次這個提案。

見逃す
みのが
とききかい みのが いま くや
あの時機会を見逃したのが今でも悔しいです。

漏看、錯過、寬恕
錯過了那時候的機會，我至今仍感後悔。

★ 向かう
む
かいしゃ む とちゅう じこ
会社に向かう途中で事故にあった。

朝著去、趨向
在前往公司的途中遭遇事故。

向く
む
かれ まど ほう む なに かんが
彼は窓の方を向いて何か考えています。

朝、向、傾向
他面朝窗戶思考事情。

蒸す
む
はは なべ いも む
母が鍋で芋を蒸した。

悶熱、蒸
媽媽用鍋子蒸芋頭。

★ 結ぶ
むす
まいあさしゅじん むす
毎朝主人のネクタイを結んであげる。

結、繫、連結、結盟
每天早上我會幫丈夫繫領帶。

命じる
めい
じょうし ぎじろく さくせい めい
上司に議事録の作成を命じられた。

命令、任命
上司命令我製作會議紀錄。

★ 巡る
めぐ
あき めぐ
秋がまた巡ってくる。

旋轉、環繞、循環
秋天又將來臨。

中文意思

★ 目指す
めざ

優勝を目指して頑張りましょう。
ゆうしょう めざ がんば

作為目標

以奪冠為目標一起努力
吧。

★ 目立つ
めだ

彼女はきれいで、学校で目立っている。
かのじょ がっこう めだ

顯眼、引人注目

她很漂亮，在學校總是
引人注目。

面する
めん

私の部屋は東に面している。
わたし へや ひがし めん

面向、面對、面臨

我的房間面向東邊。

★ 設ける
もう

謝罪の機会を設けていただけませんか。
しゃざい きかい もう

預備、設立、設置

能不能請您給我謝罪的
機會呢？

★ 燃える
も

子供たちのいたずらのせいで森が燃えてし
こども もり も

まった。

燃燒、著火

因為孩子們的惡作劇，
森林著火了。

★ 戻す
もど

読んだ本を元のところに戻しなさい。
よ ほん もと もど

返還、歸還、退回

去把讀完的書歸還回原
處。

★ 求める
もと

誰もが成功を求めている。
だれ せいこう もと

徵求、追求、
求得、要求

大家都在追求成功。

★ 戻る
もど

自分の家に戻った。
じぶん いえ もど

返回、回到

我回到自己家。

もむ

家に帰ったら妻が私の肩をもんでくれた。
いえ かえ つま わたし かた

揉、按摩、亂成一
團、擔心、著急

回家之後，妻子幫我按
摩肩膀。

Level **3** 名詞

Level **3** 動詞

ま

Level **3** 形容詞

や行

從やゆよ一路讀下去吧，N3就在眼前！
拾起每頁中的超重點星星單字，一個都別想跑！

Track 249

中文意思

★ 役立つ
この経験はきっと今後に役立つ。

有用、有益、有利
這個經驗對你之後一定有用。

焼ける
火事であのビルが焼けた。

燃燒、曬黑、曬熱、烤
那棟大樓因為火災而燒了起來。

★ 雇う
あの時彼を雇ってよかった。

雇用、租
那時候雇用了他真是太好了。

宿る
その木に神様が宿っていることを信じますか。

住宿、寄生、停留、存在
你相信神明寄宿在那棵樹上嗎？

★ 破る
彼は約束を破った。もう信じられない。

撕破、打破、違約
他違反約定，我已經無法相信他了。

病む
ストレスで心を病んでしまった。

得病、操心
心靈因壓力而生病了。

止む
一週間を経って、騒ぎはやっと止んだ。

結束、停止、中止
經過了一個禮拜，那場喧鬧終於停止了。

中文意思

★ **ゆがむ**
かのじょ かお いか
彼女の顔は怒りでゆがんでいる。

彎曲、歪曲、
不正、怪癖

她的表情因憤怒而扭曲。

★ **譲る**
ゆず
とし よ せき ゆず
お年寄りに席を譲るべきだ。

讓與、讓給、賣、
讓步

應該要讓座給年長者。

★ **緩む**
ゆる
きょく き るいせん ゆる
この曲を聴くと涙腺が緩む。

鬆弛、緩和

只要聽到這首歌，淚腺就會不受控制。

★ **喜ぶ**
よろこ
き かれ よろこ おも
それを聞いて彼はきっと喜ぶと思うよ。

喜悅、高興

聽你那樣說，我想他一定會很高興。

★ **弱める**
よわ
えいようぶそく こ よわ
栄養不足があの子のメンタルを弱める。

削弱、使衰弱

營養不良削弱了那孩子的心靈。

Level 3 名詞

Level 3 動詞

や

Level 3 形容詞

わ 行

從わ一路讀下去吧，N3就在眼前！
拾起每頁中的超重點星星單字，一個都別想跑！

 Track 251

中文意思

★ 別<ruby>れる<rt>わか</rt></ruby>

別<ruby>れ<rt>わか</rt></ruby>てからもう五<ruby>年経<rt>ごねん た</rt></ruby>った。

分別、分開、分歧
自分別後已過了五年。

★ 渡<ruby>す<rt>わた</rt></ruby>

このファイルを部<ruby>長<rt>ぶ ちょう</rt></ruby>に渡<ruby>し<rt>わた</rt></ruby>てください。

渡、送、交付、架
請幫我把這份文件交給部長。

★ 詫<ruby>びる<rt>わ</rt></ruby>

彼<ruby>は遅<rt>おく</rt></ruby>れたことをみんなに詫<ruby>びた<rt>わ</rt></ruby>。

謝罪、道歉
他為遲到向大家道歉。

★ 割<ruby>る<rt>わ</rt></ruby>

５６<ruby>を<rt>ごじゅうろく</rt></ruby>７<ruby>で<rt>なな</rt></ruby>割<ruby>る<rt>わ</rt></ruby>と８<ruby>になる<rt>はち</rt></ruby>。

切開、除、擠入、
打破、坦白、
分開、劃分
56除以7等於8。

あ 行

從あいうえお一路讀下去吧，N3就在眼前！

拾起每頁中的超重點星星單字，一個都別想跑！

🎵 *Track 252*

中文意思

★ **あいまい**

そんなあいまいな態度をしないで。

曖昧的

請不要如此曖昧的態度。

Level 3 名詞

★ **明らか**

彼がこれをやったことは明らかだ。

明亮的、明顯的

做這件事的人很明顯是他吧。

Level 3 動詞

鮮やか

鮮やかな色を使ってください。

清晰的、鮮明的

請使用鮮明的顏色。

Level 3 形容詞 あ

厚かましい

彼は本当に厚かましい男だよね。

厚顏無恥的

他真的是個厚顏無恥的男人呢。

あべこべ

私の立場はあべこべになって、ちょっとやりにくいです。

相反的、顛倒的

我的立場相反，有點難辦事。

★ **怪しい**

あの人はちょっと怪しいね。

奇怪的、靠不住的、可疑的

我覺得那個人有點奇怪。

あやふや

あやふやな言い方をしないで、はっきり言いなさい。

含糊的、曖昧的

請不要講得含糊不清，給我説清楚。

	中文意思
★ 慌（あわ）ただしい 昨日（きのう）は慌（あわ）ただしい一日（いちにち）でした。	匆忙的、不穩定的 昨天是匆忙的一天。
安易（あんい） 彼（かれ）は怠（なま）け者（もの）で、いつも安易（あんい）な道（みち）を選（えら）ぶ。	容易（的）、輕而易舉（的） 他是個懶惰的人，總是選擇容易的方法。
★ 案外（あんがい） 今回（こんかい）の期末試験（きまつしけん）は案外（あんがい）難（むずか）しくなかった。	意想不到（的）、出乎意料（的） 這次的期末考出乎意料沒那麼難。
安静（あんせい） 退院（たいいん）して家（いえ）で安静（あんせい）にしている。	安靜的（的）、靜養（的） 出院在家靜養。
★ 意外（いがい） この点数（てんすう）が取（と）れたのは意外（いがい）な喜（よろこ）びだ。	意外（的） 能取得這樣的分數真是喜出望外。
勇（いさ）ましい みんなの勇（いさ）ましい行動（こうどう）を敬意（けいい）を表（あらわ）す。	勇敢的、活躍的、生氣勃勃的、雄壯的 我對於大家勇敢的行動表示意。
うっとうしい 今日（きょう）は雨（あめ）だ。なんだかうっとうしい気分（きぶん）だ。	鬱悶的、陰暗的、麻煩的 今天是雨天，心情也變得鬱悶起來。
★ うらやましい 彼女（かのじょ）の幸（しあわ）せがすごくうらやましい。	羨慕的 她的幸福相當令我羨慕。

中文意思

★ 惜しい
おしい
今回の試合で惜しくも敗れた。
こんかい　しあい　お　やぶ

可惜的、珍重的
這次的比賽很可惜輸了。

★ 恐ろしい
おそ
神々は彼女に恐ろしい呪いをかけた。
かみがみ　かのじょ　おそ　のろ

可怕的、驚人的、恐怖的、非常的
眾神在她身上降下恐怖的詛咒。

★ 遅い
おそ
もう遅いから、先に帰っていてください。
おそ　さき　かえ

晚的、慢的、遲鈍的
已經晚了，請先回去吧。

★ 穏やか
おだ
穏やかな海を眺めるのが大好きだ。
おだ　うみ　なが　だいす

平靜的、溫和的、穩當的
我非常喜歡望著平靜的大海。

★ 大人しい
おとな
大人しくここにいてね。
おとな

老實的、溫順的
你乖乖待在這。

★ 思いがけない
おも
今回の事故は本当に思いがけないことだった。
こんかい　じこ　ほんとう　おも

意想不到的、意外的
這次的事故真的是在意料之外。

Level 3 名詞

Level 3 動詞

Level 3 形容詞

あ

か行

從かきくけこ一路讀下去吧，N3就在眼前！

拾起每頁中的超重點星星單字，一個都別想跑！

Track 255

中文意思

★ 快適
かいてき
快適な家を作りたい。
かいてき　いえ　つく

舒適的、舒服的
我想要打造一個舒適的家。

賢い
かしこ
息子さんは賢いですね。
むすこ　　　　かしこ

聰明的、伶俐的
你兒子是個聰明的孩子呢。

★ 固い
かた
彼は意志が固く、何があっても決して揺る
かれ　いし　かた　なに　　　　けっ　　ゆ
がない。

硬的、堅固的、嚴謹的
他的意志堅定，決不動搖。

★ 勝手
かって
勝手なことをするな。
かって

任意的、隨便的
不要恣意妄為。

からっぽ
月末まであと十日なのに財布の中はもうか
げつまつ　　　　とおか　　　　さいふ　なか
らっぽだ。

空洞（的）、
空（的）、空虛
（的）
到月底還有十天，我的錢包卻已經空了。

★ 簡単
かんたん
愛してると言うのは簡単ではない。
あい　　　　い　　　　　かんたん

簡易的、容易的
說我愛你並不簡單。

気軽
きがる
正式な場ではないから、気軽な服装でいい
せいしき　ば　　　　　　　きがる　ふくそう
んだ。

輕鬆愉快的、舒暢的、輕便的
因為並不是正式的場合，穿輕便的衣服就可以了。

中文意思

貴重（きちょう）

その花瓶（かびん）は貴重（きちょう）なので、気（き）をつけてください。

貴重的、寶貴的

那個花瓶很貴重，請小心一點。

★ きつい

今度（こんど）の任務（にんむ）はきついです。

厲害的、嚴厲的、苛刻的、費力的、強烈的

這次的任務很累人。

★ 気の毒（きのどく）

戦争（せんそう）に翻弄（ほんろう）された人（ひと）たちを気（き）の毒（どく）に思（おも）う。

可憐的、悲慘的、可惜的

我覺得被戰爭玩弄的人們很可憐。

奇妙（きみょう）

こんな奇妙（きみょう）な経験（けいけん）を体験（たいけん）できてよかった。

奇妙的、奇異的

能夠體驗如此奇妙的經歷真是太好了。

★ 逆（ぎゃく）

Tシャツを前後（まえうし）ろ逆（ぎゃく）に着（き）てしまった。

倒、逆、反

T恤不小心前後穿反了。

清い（きよい）

心配（しんぱい）しないで、彼（かれ）らは清（きよ）い交際（こうさい）だ。

清澈的、單純的

不要擔心，他們只是單純的交往。

★ 器用（きよう）

あの子（こ）は手先（てさき）が器用（きよう）だ。

靈巧、聰明、機靈、老實

那孩子手很靈巧。

強力（きょうりょく）

彼（かれ）は強力（きょうりょく）な武器（ぶき）を手（て）に入（い）れた。

強力

他取得了強力的武器。

Level 3 名詞

Level 3 動詞

Level 3 形容詞

か

気楽 <ruby>気楽<rt>きらく</rt></ruby>

もっと<ruby>気楽<rt>きらく</rt></ruby>に<ruby>生<rt>い</rt></ruby>きていきたい。

舒適的、
無掛慮的、快活的
我想活得更快活一點。

★ くだらない

くだらないジョークだね。

無用的、無聊的、
微不足道的
無聊的玩笑。

悔しい <ruby>悔<rt>くや</rt></ruby>しい

あの<ruby>子<rt>こ</rt></ruby>を<ruby>救<rt>すく</rt></ruby>えなかったのが<ruby>悔<rt>くや</rt></ruby>しくてたまらない。

令人悔恨的、遺憾
的、感到委屈的
沒能拯救那孩子令我悔
恨不已。

★ 詳しい <ruby>詳<rt>くわ</rt></ruby>しい

<ruby>事情<rt>じじょう</rt></ruby>を<ruby>詳<rt>くわ</rt></ruby>しく<ruby>説明<rt>せつめい</rt></ruby>してください。

詳細的、精通的
請把事情説明詳細。

★ けち

<ruby>彼<rt>かれ</rt></ruby>はそんなけちな<ruby>男<rt>おとこ</rt></ruby>ではない。

吝嗇的、小氣的、
寒酸的、小心眼的
他不是那麼小氣的男
人。

★ 細かい <ruby>細<rt>こま</rt></ruby>かい

そんな<ruby>細<rt>こま</rt></ruby>かい<ruby>事<rt>こと</rt></ruby>を<ruby>気<rt>き</rt></ruby>にするな。

細小的、零碎的、
仔細的、瑣碎的
不要將那麼瑣碎的事放
在心上。

★ 困難 <ruby>困難<rt>こんなん</rt></ruby>

いまさら<ruby>企画<rt>きかく</rt></ruby>を<ruby>変更<rt>へんこう</rt></ruby>するのは<ruby>困難<rt>こんなん</rt></ruby>です。

困難（的）、困苦
（的）
事到如今要變更企劃是
很困難的。

さ行

從さしすせそ一路讀下去吧，N3就在眼前！

拾起每頁中的超重點星星單字，一個都別想跑！

 **Track 258**

中文意思

日文	中文意思	Level
さかさま **逆様** かれ かびん さかさま 彼は花瓶を逆様にします。	倒（的）、逆 （的）、顛倒（的） 他將花瓶倒過來。	Level 3 名 詞
さわ **騒がしい** クラスのみんなはいつも騒がしい。	吵鬧的、騷動的 班上同學總是吵吵鬧鬧 的。	Level 3 動 詞
★ さわ **爽やか** てんき さわ あき 天気がいいね。爽やかな秋になった。	爽快的、清爽的、 鮮明的、清楚的 天氣很好呢。清爽的秋 天到了。	Level 3 形 容 詞
★ **しつこい** ほんとう こ あなたは本当にしつこい子だね。	執著的、 糾纏不休的 你真的是個執著的孩子 呢！	さ
★ じゅんちょう **順調** けん じゅんちょう この件は順調でよかった。	順利 這件事能順利進行真是 太好了。	
しんこく **深刻** たまご しなうすもんだい しんこく 卵の品薄問題は深刻になってきている。	深刻的、沉重的、 嚴重的 缺蛋問題日益嚴重。	
★ しんせん **新鮮** くだもの しんせん た 果物を新鮮なうちに食べなさい。	新鮮的 趁水果還新鮮趕快吃。	

図々しい
あなたの図々しさにはあきれた。

厚顔無恥的、
不要臉的

我無法相信你如此厚顏無恥。

★ 酸っぱい
酸っぱいのは苦手です。

酸的、有酸味的

我討厭吃酸的。

素早い
あの泥棒は素早く逃げ去った。

敏捷的、靈活的

那個小偷敏捷地逃跑了。

★ 速やか
速やかに処理してください。

快的、迅速的

請盡快處理。

ずるい
彼はずるい男だから、油断しないで。

狡猾的、滑頭的

他是個狡猾的男人，請不要疏忽大意了。

★ 鋭い
背中に鋭い視線を感じる。

尖銳的、鋒利的、
敏銳的

感受到背後有道銳利的目光。

★ 正確
正確な情報を教えてください。

正確的

請告知我正確的資訊。

★ そそっかしい
この会社はそそっかしい人は採用しない。

粗心大意的、輕率的、慌張的

這間公司不用粗心大意的人。

★ 粗末
親を粗末にすると、将来きっと後悔するよ。

簡陋（的）、
粗糙（的）、
怠慢（的）

怠慢父母的話將來一定會後悔。

た行

從たちつてと一路讀下去吧，N3就在眼前！

拾起每頁中的超重點星星單字，一個都別想跑！

 **Track 260**

中文意思

★ **退屈**（たいくつ）
退屈（たいくつ）な日々（ひび）はもう耐（た）えられない。

無聊的、寂寞的
我已經無法再忍受過著孤寂的日子。

Level 3 名詞

平ら（たいら）
平（たい）らな所（ところ）に置（お）いてください。

平坦的、平靜的、平穩的
請放置在平坦的地方。

Level 3 動詞

たくましい
体格（たいかく）はたくましい男（おとこ）が好（す）きだ。

健壯的、魁偉的、旺盛的
我喜歡體格健壯的男生。

Level 3 形容詞 た

頼もしい（たのもしい）
息子（むすこ）を頼（たの）もしい大人（おとな）に育（そだ）てたい。

靠得住的、前途有為的
我想將兒子培育成一個可靠的大人。

★ **堪らない**（たまらない）
新（あたら）しいスマホが欲（ほ）しくて堪（たま）らない。

受不了的、不能忍受的、非常的
想要新手機想要得受不了。

だらしない
あんなだらしない男（おとこ）はやめたほうがいいよ。

不檢點的、沒出息的、吊兒郎當的
那種吊兒郎當的男人，還是別跟他來往吧！

日文	中文意思
★ 中途半端（ちゅうとはんぱ） そんな中途半端な気持ちでは何も成し遂げられない。	半途而廢（的）、 不徹底（的） 你那樣半途而廢的態度，什麼事都做不成。
★ 適切（てきせつ） 適切な例を挙げてください。	恰當的、適當的 請舉出恰當的例子。
手ごろ（て） それはいいと思う、値段も手ごろだし。	價錢合適的、 大小輕重合適的 我覺得那個很好，價錢也合適。
透明（とうめい） 買ったものを透明なビニール袋に入れた。	透明的、清澈的 把購買的東西放進透明塑膠袋。
★ 遠い（とおい） 遠いからあまり行きたくない。	久遠的、疏遠的 因為距離遠，我不太想要去。
★ 得意（とくい） フランス料理が得意です。	得意（的）、 擅長（的）、 驕傲的（的） 我擅長法國料理。
★ 特殊（とくしゅ） それは特殊な製法で作られたチョコレートです。	特殊（的）、特別（的） 那是以特殊製法製作的巧克力。
★ とんでもない とんでもない時間に訪ねて申し訳ありません。	意外的、 不合理的、無理的 在這不合理的時間拜訪你，真的很抱歉。

な行

從なにぬねの一路讀下去吧，N3就在眼前！

拾起每頁中的超重點星星單字，一個都別想跑！

Track 262

中文意思

★ **情けない**
なさ
彼は情けない人です。
かれ　なさ　ひと

無情的、冷酷的、可憐的、悲慘的、可恥的
他是個無情的人。

Level **3**
名　詞

★ **なだらか**
眉毛の角度をもうちょっとなだらかにしたい。
まゆげ　かくど

坡度小的、平穩的、順利的、流暢的
想把眉毛的角度修得平緩一點。

Level **3**
動　詞

★ **懐かしい**
なつ
昔の写真を見て、懐かしいと思った。
むかし　しゃしん　み　なつ　おも

令人思慕的、懷念的
看到從前的照片，覺得很懷念。

Level **3**
形容詞

な

滑らか
なめ
プリンを滑らかに作るにはコツがある。
なめ　つく

光滑的、流利的、滑嫩的
想做出滑嫩的布丁是有訣竅的。

憎らしい
にく
自分の顔が憎らしい。
じぶん　かお　にく

可恨的、討厭的
我討厭自己的長相。

★ **鈍い**
にぶ
動きが鈍いね、どうしたの。
うご　にぶ

鈍的、緩慢的、低沉的
你動作很緩慢，怎麼了？

望（のぞ）ましい
子供（こども）が 平等（びょうどう）に 教育（きょういく）を受（う）けることが望（のぞ）ましい。

希望能……、
有希望的
希望孩子能平等接受教育。

Note

は行

從はひふへほ一路讀下去吧，N3就在眼前！

拾起每頁中的超重點星星單字，一個都別想跑！

 **Track 263**

日文	中文意思	Level
馬鹿らしい（ばか） こんなことをするなんて、本当に馬鹿らしい。（ほんとう・ばか）	無聊的、愚蠢的 居然做出這樣的事，真的是很愚蠢。	Level 3 名詞
★ **激しい**（はげ） この業界は競争が激しい。（ぎょうかい・きょうそう・はげ）	激烈的、強烈的、厲害的 這個業界的競爭相當激烈。	Level 3 動詞
★ **非常**（ひじょう） そのことについては非常に残念だと思う。（ひじょう・ざんねん・おも）	非常的 關於那件事，我感到非常遺憾。	Level 3 形容詞 は
★ **酷い**（ひど） こんなうそは酷すぎる。（ひど）	殘酷的、激烈的、兇猛的 說這種謊真是太過分了。	
等しい（ひと） AとBの長さが等しい。（なが・ひと）	相等的、和～相同的 A與B長度相等。	
★ **皮肉**（ひにく） 彼は皮肉な笑みを浮かべた。（かれ・ひにく・え・う）	挖苦的、諷刺的、嘲諷的 他露出了嘲諷的笑容。	
不規則（ふきそく） 不規則な生活は健康によくない。（ふきそく・せいかつ・けんこう）	不規則的、凌亂的 不規律的生活對健康不好。	

★ **ふさわしい**
<small>そつぎょうしき</small> <small>ふくそう</small> <small>ようい</small>
卒業式にふさわしい服装を用意してください。

適合的、相稱的
請準備適合畢業典禮的服裝。

<small>ぶじ</small>
無事
<small>ぶじ</small> <small>かえ</small>
無事に帰ってこれてよかった。

平安（的）、
沒毛病（的）、
健康（的）
你平安回來真是太好了。

<small>ぶっそう</small>
★ **物騒**
<small>ぶっそう</small> <small>よ</small> <small>なか</small> <small>ふんそう</small> <small>お</small>
こんな物騒な世の中で、紛争はどこでも起こりうる。

騷動不安（的）、
危險（的）
在這個騷動不安的世界中，無論何處都可能發生紛爭。

<small>へいき</small>
★ **平気**
<small>かのじょ</small> <small>へいき</small> <small>かお</small> <small>うそ</small>
彼女は平気な顔で嘘をつく。

不在乎（的）、
鎮靜（的）
她會面不改色地説謊。

<small>へいぼん</small>
平凡
<small>わたし</small> <small>へいぼん</small> <small>ひび</small> <small>すご</small>
私はただ平凡な日々を過したいだけなんです。

平凡的
我只希望能平凡的過每一天。

<small>ほが</small>
★ **朗らか**
<small>たなか</small> <small>むすめ</small> <small>ほが</small> <small>ひと</small>
田中さんの娘さんはすごく朗らかな人です。

舒暢的、快活的、
晴朗的、開朗的
田中先生的女兒真的是個開朗的人。

ま 行

従まみむめも一路讀下去吧，N3就在眼前！

拾起每頁中的超重點星星單字，一個都別想跑！

 *Track 265*

	中文意思	

まずい
かのじょ　　て りょうり
彼女の手料理はまずいです。

不好吃的、笨拙的、醜的、不妙的

她親手做的料理不好吃。

まず
貧しい
まず　　　いえ　て　さ　の
その貧しい家に手を差し伸べてください。

貧窮的、貧困的

請幫幫那個貧困的家庭。

ま　さお
★ **真っ青**
ま　さお　　かお　　　　だいじょうぶ
真っ青な顔して、大丈夫ですか。

深藍（的）、臉色蒼白（的）

你面色蒼白，還好嗎？

ま　さき
★ **真っ先**
にほんりょうり　　い　　ま　さき　なに　おも　う
日本料理と言えば真っ先に何が思い浮びますか。

最先（的）、首先（的）、最前面（的）

講到日本料理你最先想到的是什麼？

ま　しろ
★ **真っ白**
ゆき　ふ　　　　じめん　ま　しろ
雪が降って、地面は真っ白になった。

雪白（的）

下雪了，地面成了一片雪白。

★ **まぶしい**
あさお　　　　たいよう
朝起きたら太陽がまぶしい。

耀眼的、刺眼的

早上起床，太陽很耀眼。

まんぞく
★ **満足**
さんねんぶ　　はは　　てりょうり　　た　　　まんぞく
三年振りに母の手料理を食べて、満足でした。

完美的、滿足的、滿意的

時隔三年再次吃到媽媽親手做的料理，感到很滿足。

★ みっともない

こんなみっともな^{すがた}姿^{はは}は母には見^みせられない。

不好看的、不像樣的、醜陋的

這種丟人的模樣可不能讓母親見到。

無限^{むげん}

人間^{にんげん}の欲望^{よくぼう}は無限^{むげん}で、決^{けっ}して満^みたされることがない。

無限的、無窮的、無止境的

人類的欲望無窮，永不知足。

明確^{めいかく}

あいまいな態度^{たいど}を取^とらないで、明確^{めいかく}な答^{こた}えを言^いってちょうだい。

明確的

你不要態度曖昧，我想要一個明確的答案。

★ 珍^{めずら}しい

田中^{たなか}さんは今日欠席^{きょうけっせき}だったんですか。珍^{めずら}しいですね。

稀奇的、新奇的

田中先生今天缺席呀？真稀奇。

★ めでたい

第一志望^{だいいちしぼう}にめでたく合格^{ごうかく}した。

可喜可賀的、幸運的

很幸運錄取了第一志願的學校。

★ 面倒^{めんどう}

先輩^{せんぱい}に面倒^{めんどう}な仕事^{しごと}を押^おし付^つけられた。

麻煩的

前輩把麻煩的工作推給了我。

★ もったいない

捨^すてるのはもったいない。

浪費的

丟掉太浪費了。

や行

從やゆよ一路讀下去吧，N3就在眼前！
拾起每頁中的超重點星星單字，一個都別想跑！

🔘 *Track 267*

中文意思

★ 有効
ゆうこう

この前の 話 はまだ有効ですか。
まえ　はなし　　　　　ゆうこう

有效（的）、有用（的）

你上次説的話現在還算數嗎？

Level 3 名詞

★ 優秀
ゆうしゅう

彼はこの学校の一番優秀な卒業生です。
かれ　　　がっこう　いちばんゆうしゅう　そつぎょうせい

優秀的

他是這所學校中最優秀的畢業生。

Level 3 動詞

★ 有望
ゆうぼう

あの子は将来有望です。
こ　しょうらいゆうぼう

有希望的、有前途的

那位孩子的將來很有希望。

Level 3 形容詞

や

有利
ゆうり

この提案は彼に対して有利でしょう。
ていあん　かれ　たい　　ゆうり

有利的、有益的、方便的

這個提案應該對他有利吧。

容易
ようい

この目標を達成することは容易なことではない。
もくひょう　たっせい　　　　　　ようい

容易的、簡單的

要達成這個目標並不容易。

★ 弱い
よわ

彼女はお酒に弱い。
かのじょ　　さけ　よわ

虛弱的、軟弱的、不擅長的

她不太會喝酒。

原來如此 系列 *J061*

日檢必備N3日文單字：Shadowing跟讀記憶學習法，一本搞定N3所有單字

閱讀能力、聽力能力、語感能力，一本書全面提升！

作　　者	小澤友紀子
顧　　問	曾文旭
社　　長	王毓芳
編輯統籌	黃璽宇、耿文國
主　　編	吳靜宜
執行主編	潘妍潔
執行編輯	吳芸蓁、范筱翎
美術編輯	王桂芳、張嘉容
行銷企劃	吳欣蓉
封面設計	阿作
特約編輯	費長琳
法律顧問	北辰著作權事務所　蕭雄淋律師、幸秋妙律師

初　　版	2023年06月
出　　版	捷徑文化出版事業有限公司
電　　話	（02）2752-5618
傳　　真	（02）2752-5619

定　　價	新台幣360元／港幣120元
產品內容	1書

總 經 銷	采舍國際有限公司
地　　址	235新北市中和區中山路二段366巷10號3樓
電　　話	（02）8245-8786
傳　　真	（02）8245-8718

港澳地區經銷商	和平圖書有限公司
地　　址	香港柴灣嘉業街12號百樂門大廈17樓
電　　話	（852）2804-6687
傳　　真	（852）2804-6409

本書圖片由Freepik圖庫提供

國家圖書館出版品預行編目資料

日檢必備N3日文單字：Shadowing跟讀記憶學習法，一本搞定N3所有單字 / 小澤友紀子著. -- 初版. -- [臺北市]：捷徑文化出版事業有限公司, 2023.06
　面；　公分. -- (原來如此：J061)
ISBN 978-626-7116-24-1(平裝)
1. CST: 日語　2. CST: 詞彙
803.12　　　　　　　　　　　111022332